Chapitre 1

Une arrivée pétaradante

C'est le début des vacances d'été dans mon petit village de pêcheurs de La Barre de Monts, métamorphosé par l'arrivée du chemin de fer et des premiers estivants. Depuis quelques années, des familles venues de Nantes ou de Paris se font construire des demeures près de l'océan, au terminus de la ligne. Elles s'installent dans le nouveau quartier balnéaire de Fromentine qui se développe à la place de la dune, face à l'île de Noirmoutier.

Aux beaux jours, c'est une véritable invasion de gens de la ville.

Je suis moi aussi une touriste puisque je ne rentre à la maison que pour les vacances. Le reste du temps, je suis en pension à Nantes. Mes amis ne sont pas ici. Je n'ose pas me mêler aux enfants sur la plage et jouer avec eux. Ils vont se moquer de moi parce que j'ai peur de l'eau, pire, je n'ai même jamais trempé les pieds dans les petites vagues qui viennent mourir sur le rivage. Ils auraient raison de rire. J'ai un père qui désire me protéger de tout ce qu'il estime périlleux. C'est gentil de sa part, mais je n'ai le droit de rien entreprendre et c'est étouffant. J'imagine que je vais m'ennuyer tout l'été à compter les jours qui me séparent de la rentrée des classes.

La seule alternative à la solitude et à l'ennui est de dévorer la collection complète des livres de la comtesse de Ségur que mon père m'a offerte pour mon anniversaire. Pour ne pas le décevoir, je lis à grand-peine l'histoire d'une petite fille modèle, assise dans le jardin, à l'ombre d'une tonnelle couverte de vigne. La comtesse de Ségur écrit des romans pour les petites filles sages ou pour celles qui font semblant de l'être. Je ne veux pas être une petite fille sage. Je veux lire des romans d'aventure, frissonner, rire, pleurer. La comtesse de Ségur n'est pas pour moi.

Je sursaute en entendant un roulement de tambour qui me sauve de ma lecture inattentive. Je peux sortir de mon apnée et me remettre à respirer. Quelqu'un d'autre que moi est vivant dans ce village et ose faire du bruit. La vie n'est peut-être pas si triste.

L'arrivée d'un camion Peugeot jaune fonçant à plus de 20 km à l'heure ne passe pas inaperçue dans ma rue. De la grille du jardin, je peux voir d'étranges appareils à manivelle, soigneusement rangés dans des caisses en bois, et un chapiteau. C'est certainement le véhicule d'un forain. De grandes lettres rouges peintes sur le capot forment le mystérieux mot « cinématographe ».

À l'avant du camion, qui est abrité mais pas fermé, se tiennent fièrement deux adultes et un jeune garçon qui joue du tambour. Ce dernier a la même tignasse que le chauffeur et la même allure canaille.

Un attroupement se crée sans tarder.

Chapitre 2

Un marché de dupes

La nouvelle attraction s'est rapidement montée sur la place.

Je supplie mon père de m'y emmener. Il devient blême, prend une expression dure et renfrognée et refuse catégoriquement.

Je crois que je vais mourir. J'ai envie de pleurer de rage. J'enfourche ma bicyclette pour aller tourner autour du chapiteau comme une pauvrette.

Toutes les familles affluent vers le barnum jaune et vert. Les estivants, et même les habitants du village, malgré le prix des billets, ont tous pris place à l'intérieur quand je me fais héler par le garçon qui jouait du tambour sur le camion jaune. Il vend les tickets d'entrée. Il semble légèrement plus âgé que moi. Je remarque distraitement son joli sourire, un brin insolent, et ses yeux bleu pâle.

– La représentation va commencer. Vous n'entrez pas, mademoiselle ?

Je suis une gourde, il suffit qu'un inconnu m'adresse la parole pour que je pique un fard et que je bafouille des mots incompréhensibles. Cela n'étonne pas les touristes qui pensent que je ne parle que le maraîchin, le patois local.

– D'solé. J'n'ai pas, enfin mon père, juste du vélo…

– Vous avez de la chance. Moi, j'ai toujours rêvé de monter sur un vélo. Si vous m'apprenez à tenir en équilibre dessus, je vous laisse passer gratis.

Cette fois, je suis nettement rougeaude. Je m'infligerais volontiers des paires de claques, mais mes joues n'en seraient pas plus blanches.

– Je ne sais pas, enfin ce n'est pas, d'habitude, je…

– Je me présente. Je m'appelle Clément Baudry. Je suis le fils du patron. Alors, marché conclu. Quel est votre prénom ?

Je suis paniquée. Je ne suis pas certaine de m'en souvenir. Je lui tends une main mal assurée.

– Enchantée, Clément, euh… vous pouvez m'appeler Jeanne.

– Venez, Jeanne. Je vais vous installer avant que ça ne commence. Vous verrez c'est un spectacle extraordinaire. Ce jour de juillet 1908 sera marqué dans votre mémoire. Vous n'avez jamais rien vu de semblable et jamais plus vous ne ressentirez un aussi grand émerveillement que cette première fois…

Chapitre 3

Des images qui bougent

Je suis au ras des vagues. Elles bouillonnent d'une écume blanche et grise. Je peine à respirer. La houle me donne la nausée. Je vais être engloutie. J'aimerais tant savoir nager… Mon cœur bat à se rompre. Venant du fond de l'horizon, une locomotive soufflant et crachant une fumée pleine d'escarbilles fonce droit sur moi…

Un lion se promène en liberté et inspecte les alentours. J'essaye d'être la plus discrète possible sur mon siège. Il est trop tard. Je suis sûre qu'il m'a vue. Un éléphant agite une trompe inquiétante. Un long serpent ondule lentement près d'un lapin. Dans un élan puissant, il se propulse, mâchoires ouvertes sur sa proie. Il plante ses crochets pleins de venin dans la chair de sa victime. Je ne veux pas regarder la fin. Je ferme les yeux…

Au moment où je les ouvre, je suis à bord d'une nacelle en osier. Je m'éloigne à toute vitesse du sol. Je ne suis pas plus à l'aise dans les airs que dans l'eau. Voir la foule des badauds rapetisser au fur et à mesure que la montgolfière acquiert de l'altitude me donne le vertige. Cachée dans les coulisses, une trompette joue un air de corrida. Je suis aussi affolée qu'un taureau dans l'arène. Allons-nous monter dans les cieux jusqu'à décrocher la lune ?

Soudain, il n'y a plus rien… Juste un écran blanc violemment éclairé. Le dernier morceau de pellicule déroulée, la séance est terminée. La lampe du projecteur s'éteint. Nous sommes dans le noir.

– Ça t'a plu ? Tu n'as pas eu trop peur ? C'est normal d'être effrayé la première fois. Tu t'es cramponnée à mon bras quand tu as vu le lion.

Je m'aperçois que Clément me tient la main et me tutoie. Je suis confuse. Mes pommettes deviennent à nouveau cramoisies. Ce divertissement peut vous ôter tout sens des convenances : je connais à peine ce garçon !

Le public, serré sur plusieurs rangées de bancs, commente bruyamment la projection. Des enfants pleurent. Les dames rajustent leurs chapeaux et les messieurs lissent leurs moustaches.

Le jeune forain avait raison : assister à une représentation du cinématographe est un véritable choc et j'ai l'impression que rien ne sera plus jamais pareil. On a réussi à reproduire sur un grand écran la réalité, le mouvement… un peu saccadé il est vrai. Mais peu importent les imperfections du film : les spectateurs sont comme des enfants ébahis devant ces images en noir et blanc qui sautillent.

Je récupère dignement ma main avant qu'on ne libère les issues du chapiteau et que la lumière du jour ne nous éblouisse. Il faut quelques instants pour que les yeux fatigués s'accoutument à la vive clarté de ce milieu d'après-midi.

– Merci. C'est chic de m'avoir autorisée à entrer sans payer.

Clément est gêné par mes remerciements. Il marmonne une réponse inaudible. D'ordinaire, je ne suis pas aussi expansive, mais je ne peux m'empêcher de continuer à m'exclamer :

– C'est magique, le cinématographe !

– Oui, enfin cette découverte s'appuie plutôt sur la science, commente mon camarade d'un air très supérieur qui lui permet de reprendre le contrôle de la situation. Un phénomène nommé « la persistance rétinienne ». Une particularité de l'œil humain. Les images que nous percevons restent imprimées avec un temps de retard sur notre rétine. Au cinéma, la pellicule s'arrête et se remet en marche 16 fois par seconde. La nouvelle image apparaît avant que la précédente ne se soit effacée. Cela crée l'illusion du mouvement et n'a rien de magique… Viens, je vais te montrer le projecteur. Un appareil tout neuf que mon père vient d'acheter. Il dit que cette attraction a un grand avenir.

Avant que je ne proteste, Clément m'entraîne vers le fond du barnum. Je pénètre intimidée dans les coulisses du cinématographe. Un assemblage mécanique impressionnant est dissimulé à la vue des spectateurs derrière un rideau noir. On dirait une grosse machine à coudre avec deux grandes bobines superposées à l'avant. Elle dégage une odeur forte d'huile et surtout de camphre. Je grimace.

– C'est un projecteur Bauer 35 mm à manivelle, m'annonce fièrement Clément, indifférent à ma moue de dégoût. Un modèle révolutionnaire. Ce que tu sens, c'est la pellicule celluloïd.

– Ce n'est pas dangereux ? je lui demande en montrant la bouteille d'oxygène qui alimente une boîte volumineuse posée à l'arrière de la table de projection.

– La moindre étincelle au contact de la pellicule et tout ce chapiteau se transforme en un immense brasier ! Il n'y a rien de plus inflammable que le celluloïd… Mais rassure-toi, le Bauer est équipé d'une lampe à lumière froide qui ne chauffe pas le film lorsqu'il passe devant. En plus, il est aussitôt enroulé sur une deuxième bobine. C'est ce qui se fait de mieux dans le cinématographe. Et, au moindre problème, on peut évacuer les spectateurs très vite grâce aux nombreuses issues de secours.

Clément a repris ma main. Cette fois dans la lumière. Ce garçon est incorrigible. Il ne veut plus que je parte. Il propose de faire quelques pas avec moi et même de m'aider à pousser mon vélo.

– Vous démontez tout le matériel ce soir ?

– Non, on s'attarde un peu. Mon père trouve la plage très belle. Il va tourner des séquences sur les baignades. C'est un excellent sujet. Il y a une foule de gens qui n'ont jamais vu la mer. Il est certain d'en écouler plusieurs copies.

– Tu veux dire qu'il sait fabriquer des films ? C'est extraordinaire !

– Il est bien obligé. Maintenant que les gens n'ont plus peur que la pellicule s'enflamme, ils préfèrent les salles en dur des villes. Et comme cela leur rapporte plus d'argent, les grands studios refusent dorénavant de vendre leurs pellicules aux forains. Ah ! C'était le bon vieux temps quand ils avaient la frousse de finir en rôti… la belle vie de montreur de cinématographe. C'est pour cela que mon père a décidé de produire ses propres films et de les vendre à d'autres forains. On commence à tourner nos premiers plans demain. Papa cherche des baigneurs et des baigneuses. Tu pourrais venir. Tu dois être très jolie en costume de bain.

Clément n'est pas un garçon timide. Je suis une sotte de me laisser déboussoler par son compliment de mirliton.

– Tu viendras, Jeanne ?

Il s'est souvenu de mon prénom et je n'ai rien de plus passionnant à accomplir cet été que mes débuts devant la caméra. Mais je suis ramenée sur Terre par la vue de ma maison.

– Tu ne peux pas me raccompagner plus loin. Mon père ne partage pas l'enthousiasme du tien pour le cinématographe. Il me poserait des questions. Il doit ignorer que j'ai assisté à une projection cet après-midi.

Le chapiteau des Baudry a été planté sur la grande place avec la bénédiction du maire. Il se félicite que ce spectacle attire les estivants et distraie ses administrés. Tout le monde est ravi. Il n'y a que Papa que cette présence contrarie.

Clément promet de garder le secret de ma désobéissance. J'espère que les habitants de La Barre de Monts que j'ai rencontrés sous le barnum seront aussi discrets. J'en doute. Mon père est le médecin du village. Il occupe un poste clé, à la croisée de tous les ragots.

Clément me quitte en me plantant un petit bisou sur la joue avant que j'aie le temps ou le désir de protester. Je le regarde s'éloigner. Le loustic semble tout guilleret.

Je ne souhaite pas mentir à mon père. Cela me rend malade et ne sert à rien. Mes émotions se lisent sur mon visage aussi clairement que dans un livre ouvert. Je compte juste ne pas parler des merveilles que j'ai vues cet après-midi, ni du trouble que j'ai ressenti.

Chapitre 4

Où j'apaise ma mauvaise conscience

J'ai rêvé toute la nuit des images fabuleuses du cinématographe et de ce jeune forain vaniteux. Il n'y a pas d'école mais je n'ai pas pour autant l'intention de faire la grasse matinée. Papa est étonné de me voir debout aussi tôt. Nous déjeunons ensemble. Il propose que je vienne l'aider à dresser l'inventaire du capharnaüm de sa réserve. Je lui promets de ranger tous les bocaux qui traînent sur les étagères poussiéreuses et de livrer des potions à quelques vieux du village incapables de se déplacer. Si je suis aussi serviable, c'est bien que je n'ai pas la conscience tranquille.

Mon père se méfie des boîtes de médicaments toutes prêtes. Il peste quand il reçoit les prospectus des laboratoires pharmaceutiques. C'est pourquoi la pièce contiguë à son cabinet est encombrée de préparations magistrales à base de mélisse, de genévrier, de digitale et autres plantes médicinales qu'il a commandées au pharmacien. Un stock de remèdes qui est destiné à ses patients les plus démunis : les maraîchins.

Ce sont les habitants des marais. Ils vivent chichement dans un environnement hostile où ils ont construit des maisons de boue séchée près des fossés. Ils cultivent le foin ou récoltent le sel pour des propriétaires nantais.

Quand j'étais très jeune, je croyais qu'ils étaient toujours en deuil parce qu'ils s'habillent en noir. On aurait dit qu'il y avait une veillée funéraire perpétuelle dans la salle d'attente de mon père. Je ne me trompais pas tant que cela sur leur douleur.

Les maraîchins font deux kilomètres de marche dans les charrauds, de mauvais chemins de terre, pour atteindre le village. Ils se rendent à La Barre de Monts pour y puiser de l'eau potable car il n'y a que de l'eau saumâtre dans les marais. Le sel est leur principale source de revenu. C'est aussi un souci de tous les jours.

À leurs yeux, l'examen médical ne sert à rien s'ils ne repartent pas avec les substances qui vont traiter leur mal. Or, ils ont peu de ressources et pas de quoi payer des médicaments dispendieux en plus de la consultation. C'est pourquoi mon père prescrit des préparations à base de plantes médicinales peu coûteuses. Certains malades sont même persuadés que la visite au cabinet agira sur leur maladie, que le simple contact du médecin les fera guérir.

Papa n'est pas un rebouteux ou un sorcier. Il combat les affections du marais de son mieux. Il n'est pas toujours rémunéré et l'est souvent en nature, d'une poule ou d'un canard. Il travaille énormément, mais il n'a pas de pouvoir surnaturel. Il m'a expliqué que beaucoup d'enfants meurent en bas âge. Les plaies souillées par la terre engendrent le tétanos. Le manque d'hygiène, la typhoïde, la tuberculose font des ravages. Je me rappelle avoir vu les plaques du cimetière du village et le nombre d'enfants n'ayant pas atteint cinq ans m'a surprise. Ils étaient plus nombreux que les adultes.

J'admire mon père.

Je consacre la matinée à reclasser le fatras des pots en verre par ordre alphabétique.

Au fil des heures, mon sentiment de culpabilité diminue. Je me persuade que mes bonnes actions du matin vont contrebalancer mes mensonges d'hier après-midi.

Papa, lui, se demande pourquoi le chapiteau demeure planté sur la place du village.

Chapitre 5

Où je deviens une actrice

L'océan, en se retirant, a déposé une constellation d'étoiles de mer sur l'estran pour le plus grand bonheur des petits Parisiens. Ils improvisent un aquarium avec leurs seaux de plage pour recueillir ces élégantes échouées sur le sable ainsi que les coquillages qui brillent comme des bijoux sous le soleil. Les bambins espèrent que leurs nouveaux amis vivront en bonne harmonie et ils sont désolés quand les étoiles de mer dévorent les mollusques à l'intérieur des belles coquilles. Armés de pelles, d'autres enfants creusent un fossé autour de leur château et un chenal imposant pour le remplir d'eau.

Le père de Clément, Antoine Baudry, filme ces images du bonheur à grands tours de manivelle. Il a installé le trépied de sa caméra tout près des estivants. Les bains de mer sont un inépuisable sujet de curiosité pour les gens de la ville. Ils sont prêts à payer pour aller voir des scènes de baignade au cinéma. Déjà plusieurs petits films ont été réalisés montrant de belles dames faisant trempette. Antoine Baudry surprend parfois quelques baigneurs ou quelques baigneuses dans une tenue plus légère que le maillot de bain qui doit convenablement cacher le corps et descendre au-dessous du genou pour les femmes. Personne ne s'offusque de la présence de la caméra. Rares sont les vacanciers qui établissent le lien entre l'appareil de prise de vues et une future séance de cinématographe. Ces innocents ignorent que leur image sera projetée dans toutes les foires dès cet automne.

Il n'y a pas que des estivants sur la plage. Certains promeneurs ont conservé leur strict costume de ville. Ceux-là ne risquent pas de bronzer beaucoup ou de porter atteinte à la pudeur. Il est de toute façon mal vu de s'exposer au soleil. Le canotier ou l'ombrelle est de rigueur. Toutes les nations se côtoient sur le sable. Et on entend parfois des langues complètement inconnues, comme cette suite de roulements de « r » et d'accents gutturaux que je trouve bien énigmatique.

Je suis venue au rendez-vous de Clément dans ma plus belle robe d'été. Une robe blanche avec de fines rayures bleues horizontales et un col blanc. Une large ceinture monte au-dessus de ma taille et j'ai noué un joli ruban à nœud papillon dans mes longs cheveux sagement tressés en une natte unique.

C'est mieux que le costume de bain que le garçon m'a demandé de mettre. De toute façon, je ne possède pas de costume de bain. J'habite sur le littoral, mais je ne me suis jamais baignée.

Papa juge qu'il n'est raisonnable de se mettre à l'eau qu'en cas de maladie. Les algues sont des remèdes très puissants et il est déterminé à les incorporer bientôt dans une préparation magistrale. Il ne conçoit pas l'intérêt d'aller défier l'océan pour le plaisir. Il déteste cette manie nouvelle qu'ont adoptée les touristes.

La mer demeure une ennemie impitoyable. Les marins sont obligés de l'affronter pour nourrir leur famille. Mais, elle emporte régulièrement les équipages de nos bateaux de pêche. La lanterne des morts sur la place de l'église en témoigne. Quand on la voit allumée, cela signifie qu'il y a eu un nouveau drame.

Je cherche Clément. Je suis impatiente de lire dans son regard l'effet de mon élégante toilette. En guise de compliment, j'ai droit à un sifflement admiratif. Ce garçon n'a aucune éducation. Je suis fâchée par ses manières. Mon irritation se lit clairement sur ma figure. Il ne peut pas tout se permettre sous prétexte qu'il a une belle frimousse. Si mes yeux pouvaient à cet instant lancer des éclairs, ce crâneur serait foudroyé.

Cet effronté semble ignorer totalement ma colère. Il ébauche un large sourire et s'avance pour une bise.

– Jeanne, je suis heureux que tu aies pu venir.

Je m'écarte et ses lèvres ne rencontrent que le vide. Il réussit néanmoins à accaparer ma main (ça devient une habitude) et à m'amener plus avant sur la plage.

– Où est ton père ?

– Dans une de ces cabanes en bois qui servent aux baigneurs pour se changer… Celle où il y a un rideau noir qui masque la lumière. Il charge un film dans le magasin de sa caméra. Il a besoin de l'obscurité la plus complète pour ne pas gâcher la pellicule.

Je scrute les petites constructions alignées en rang d'oignons face à la mer d'où sortent les estivants dans leurs drôles de maillots de bain.

– Il va me filmer ?

– Peut-être…

– Tu peux être plus précis ?

– Est-ce que tu vas pouvoir courir sur le sable avec ta robe et tes chaussures du dimanche ?

Il affiche une gaieté évidente. Il se moque de moi qui ai fait la coquette pour le cinématographe. Je me sens ridicule..

– Jeanne, je te taquine. Tu es parfaite. Mon père va adorer. C'est certain.

– Clément a dit vrai. Tu es très élégante.

Je n'ai pas entendu la porte de la cabane s'ouvrir. Antoine Baudry a la même expression moqueuse que son fils. À part ça, il est plutôt agréable. C'est un grand homme aux pommettes saillantes. Ses cheveux emmêlés qui forment des accroche-cœur et une fine moustache lui valent un visage sympathique. Je commence à comprendre que l'espièglerie est une caractéristique importante de leur famille. Alors, je m'efforce de ne pas rougir quand il me tend franchement la main. Je ne veux pas passer pour une gamine empotée.

– Je suis enchanté, mademoiselle. Mon Clément a insisté pour que je tourne ce plan avec vous deux. Je constate qu'il avait raison : vous avez un physique de jeune première.

Il nous explique la scène en quelques mots. La pellicule est un bien précieux. Il ne fera donc qu'une seule prise.

On doit nous voir rire à l'écran. Nous sommes censés être amoureux. Cela s'appelle de la comédie, nous rassure-t-il. Nous sommes des acteurs.

Au signal convenu, nous nous mettons à courir sur la plage en nous donnant la main, pas trop vite pour que M. Baudry puisse nous suivre. Il a abandonné son trépied et, avec un bras, il tient la lourde caméra sur son ventre. De l'autre, il actionne la manivelle en essayant de garder un rythme régulier. Il faut avoir une sacrée force pour réussir cet exercice.

En même temps qu'il progresse, il tourne autour de nous pour communiquer à son appareil de prise de vues le mouvement d'un tourbillon dont nous sommes l'épicentre. Le voir ainsi se démener me donne le vertige.

En virevoltant, il projette du sable sur une brochette de cinq individus bizarrement accoutrés, indignés par ce manque de respect. Deux d'entre eux semblent des militaires. Le plus âgé a un costume très élégant paré de quelques médailles, le plus jeune une redingote de soldat. Ils sont coiffés d'un couvre-chef rouge sans bords, orné d'un gland bleu. Ils arborent une moustache fièrement dressée qui leur arrive presque jusqu'aux oreilles et ils ont la peau foncée. Le reste du groupe est tout aussi insolite. Il est composé de trois hommes au teint blafard habillés très sévèrement. L'un ressemble à un pingouin échoué sur la grève avec sa queue-de-pie plus appropriée à une cérémonie officielle qu'à une sortie balnéaire. Les deux autres sont habillés comme des croque-morts. Ces derniers s'insurgent vigoureusement et lancent des invectives dans cette langue inconnue que j'ai déjà entendue tout à l'heure. Le cinéaste les ignore avec beaucoup de sang-froid et reste concentré sur son cadrage. Le « pingouin » et les moustachus demeurent dignes et silencieux.

La séquence dure environ quarante-cinq secondes. Lorsqu'il repose sa caméra, le père de Clément est exténué d'avoir couru frénétiquement avec cet engin qui n'est absolument pas prévu pour être employé de cette façon.

Il part d'un grand éclat de rire sonore.

– Le plus dur, c'était de ne pas avoir la tremblote, dit-il en se dirigeant vers le camion. J'ai réussi. Personne n'avait encore utilisé la caméra sans le trépied. Il suffisait d'oser. On va montrer aux studios qu'on n'a pas besoin d'eux, Jeanne. Le cinématographe n'en est qu'à ses débuts. On va entendre parler des Baudry, crois-moi. Pour moi, la journée est terminée. J'ai utilisé toute la pellicule que je possédais. Aide-moi à ranger le matériel, Hector.

L'assistant du forain dormait tranquillement, allongé sur le plateau du camion. Encore tout somnolent, il charge maladroitement l'équipement de son patron à bord du Peugeot. À peine a-t-il terminé que le père de Clément chamboule le semblant d'ordre de ce bric-à-brac en le fouillant sans ménagement. Hector ne bronche pas.

– Sacré manivelle ! Dommage qu'il n'existe pas de modèle unique pour tous les usages, peste-t-il. C'est pourtant bien l'objet du xxe siècle : automobile, gramophone, projecteur, téléphone, rien ne fonctionne sans ce bidule.

Après une recherche difficile, il exhibe enfin son trophée. Il se penche devant le capot jaune de son camion et il introduit cette manivelle dans le moteur. Il s'échine ensuite à la tourner en lui impulsant le maximum d'élan pour démarrer le véhicule. Au quatrième essai, le pot d'échappement dégage un petit nuage de fumée âcre.

– Je vous ramène ?

La traversée du village sur le plateau arrière du camion jaune est risquée. Autant me promener avec une pancarte où serait écrit : « Papa, je fais tout le contraire de ce que tu me dis. »

Clément préfère également la marche. Il m'explique sur le chemin que le cinématographe est une grande invention. Il est sûr que, dans quelques années, il y aura des films qui raconteront de vraies histoires et plus seulement des commandes pour les foires.

Le garçon sort de sa poche un petit carnet dont il laisse défiler les pages devant moi. C'est fantastique. Deux petits bonshommes dessinés grossièrement s'agitent et se bagarrent. C'est drôle et étonnant.

– C'est pour toi, un cadeau. C'est un cinématographe de poche.

– Non, voyons. C'est trop beau.

– On en a plein le camion. Ce sont des petits livres édités par le magasin Le Bon Marché. Des objets publicitaires. Accepte, Jeanne.

Il m'invite à la prochaine séance qui aura lieu le lendemain après-midi. Il y aura des nouveautés et peut-être une surprise, précise-t-il avec une mimique de conspirateur.

J'ai passé un moment si exaltant que je ne proteste même pas quand mon camarade s'octroie une petite bise avant de s'éclipser.

Chapitre 6

Une maudite trouvaille

En attendant la surprise du lendemain, j'en ai une extraordinaire à la maison. Mon père a fermé les persiennes du salon et se démène autour d'un projecteur. Mon père manipule un projecteur ! Je n'en crois pas mes yeux…

– Papa, j'étais persuadée que tu étais opposé au cinématographe, que tu étais contre tout ce qui est moderne. Tu m'as interdit d'assister à la représentation sur la place.

– Oui, et tu penses que j'ignore que tu n'as pas tenu compte de mes consignes…

– Excuse-moi, Papa…

Je suis très embarrassée. Il n'aura pas fallu longtemps pour que mon secret soit éventé. Cependant, après ce que je viens de voir, les reproches me paraissent bien injustes.

– Tu te sers d'un appareil de projection ! Alors, pourquoi condamnes-tu cette nouvelle technique ?

– Tu te trompes. Ceci est bien un projecteur mais pas un projecteur de cinéma. C'est une lanterne magique. Une machine qui existe depuis la nuit des temps et, en tout cas, depuis au moins le XVIIe siècle. On s'en servait pour projeter des images peintes. Mais, depuis l'invention de la photographie, on dispose d'images réelles. Ce sont des clichés sur plaques de projection en verre que j'introduis dans ma lanterne magique. Ce support est absolument fiable. Regarde le mur. Voici l'opéra Garnier, la tour Eiffel, l'Exposition universelle de 1889. Je ne suis ni un passéiste ni un adversaire acharné du progrès. J'aimerais seulement que tu comprennes pourquoi je ne veux pas que tu assistes à ces représentations du cinématographe…

Mon père me fait signe de m'asseoir :

– J'habitais Paris en 1897. Tu n'étais pas née, ma chérie. Des associations avaient organisé une vente annuelle au profit des indigents appelée Le Bazar de la Charité. Elles avaient choisi un endroit qui n'était à l'origine qu'un hangar en bois surmonté d'une verrière. Le lieu avait été magnifiquement décoré pour la circonstance. De chaque côté de l'allée centrale, on avait reconstitué des échoppes du Moyen Âge en papier mâché et en carton. Le Bazar de la Charité organisait des séances de projection cinématographique pendant ces journées de générosité. J'avais déjà assisté à cette attraction, je trouvais fascinant de pouvoir fixer des saynètes sur une pellicule. Pour moi, le cinématographe était un immense progrès par rapport à la simple lanterne magique. J'avais vu *L'arrivée d'un train en gare de La Ciotat*, un film terrifiant. On apercevait d'abord cette locomotive à vapeur qui surgissait de l'horizon. Au début, elle était toute petite. Elle n'arrêtait pas de grossir. Elle semblait réelle. On avait peur d'être écrasé. Et puis, tous ces voyageurs qui montaient dans le train ou en descendaient m'étourdissaient. Ils semblaient être des géants prêts à vous piétiner.

Mon père marque une pause, soupire et reprend :

– Ce 4 mai 1897, je me suis laissé tenter par une nouvelle représentation de ce spectacle. Je le regrette amèrement. Le cinématographe avait été installé dans un appentis. Les organisateurs avaient arrangé une toile goudronnée au-dessus du projecteur pour éviter que les spectateurs ne soient éblouis par la violence de la flamme produite par un mélange d'oxygène et d'éther. Tout se déroulait à merveille. Le public était subjugué… Au moment où il fallut remplir d'éther le réservoir de la lampe de projection, l'opérateur, qui ne voyait pas grand-chose sous sa bâche, gratta une allumette pour s'éclairer. Il embrasa les vapeurs du liquide qui mirent le feu à la pellicule en celluloïd. En un quart d'heure, le bâtiment de bois fut entièrement détruit, causant la mort de plus d'une centaine de personnes. J'ai réussi à m'échapper, mais les malheureux, beaucoup de jeunes femmes très élégantes, hurlant dans la fournaise infernale, me hantent chaque nuit. Je refuse que pareille chose arrive à ma fille. Le celluloïd est obtenu à partir de nitrocellulose et la nitrocellulose n'est rien de moins qu'un explosif ! La pellicule celluloïd est extrêmement inflammable. Il est criminel d'en approcher une flamme pour projeter des images sur un écran. Le cinématographe doit définitivement être classé au rang des inventions dangereuses. Et on ne doit plus entendre parler de cette maudite trouvaille. C'est pour cela que j'ai rangé ma lanterne magique à la cave. Pour que tu ne la voies jamais. Pour ne plus avoir aucun lien avec la projection d'images.

– Mais Papa, le cinéma a progressé depuis onze ans. M. Baudry emploie une lampe à lumière froide pour sa projection…

– On se sert toujours de cette satanée pellicule flamme, car c'est son nom : la pellicule flamme. Tu entends, Jeanne… Si cette exhibition était sans risque, elle aurait lieu dans une salle et pas sous une toile de cirque. Ah, le drame du Bazar de la Charité a fait le bonheur des chapiteaux ambulants ! Les spectateurs imaginent qu'ils pourront facilement se sauver en cas d'incendie. La prospérité des forains montreurs de cinématographe est bâtie sur cette tromperie. Je t'interdis d'y mettre les pieds…

J'ai beau reprendre les arguments de Clément, répliquer qu'en ville on ouvre des salles de cinéma, preuve que la technique d'aujourd'hui est sûre. Mon père reste inflexible.

Le monde s'effondre sous mes pieds. Comment vais-je revoir mon ami si je ne retourne pas au cinématographe ?

Chapitre 7

Une nuit à l'hôtel

Antoine Baudry développe toujours ses pellicules lui-même. Il opère dans sa chambre d'hôtel qu'il transforme en chambre noire, au grand dam des propriétaires qui trouvent que ça sent les produits chimiques sur le palier et menacent de le mettre dehors.

Il manie quatre seaux d'une dizaine de litres. Il déroule la bobine du film dans le révélateur du premier seau, puis il le plonge rapidement dans le bain d'arrêt du deuxième, le troisième seau est rempli de fixateur et le dernier sert au lavage de la pellicule. Il n'y a plus qu'à laisser sécher. Le plus difficile est d'obtenir un traitement uniforme de la surface du celluloïd. Cela demande de la patience et du doigté.

Il obtient ainsi un négatif, c'est-à-dire un film où les noirs et les blancs sont inversés par rapport à la réalité. Plus le sujet est lumineux, donc blanc sur une image en noir et blanc, plus le négatif est sombre, donc noir. À partir de ce négatif, il impressionne des pellicules positives et les envoie à ses associés, des forains qui procèdent de la même façon. À eux tous, ils constituent un catalogue de films indépendants.

Il travaille une partie de la nuit, négligeant la fatigue et les odeurs toxiques. Il souhaite projeter ses dernières réalisations dès le lendemain, puis reprendre la route. D'autres stations balnéaires attendent son attraction. L'été est la meilleure saison pour remettre à flot sa trésorerie. Il se reposera tout son soûl plus tard, lorsque les estivants seront partis.

Il pense à son fils qui dort par bonheur dans une chambre voisine. « Je ne dois pas le décevoir, songe-t-il. Quand il aura l'âge, je lui passerai le relais. Il maîtrisera ce nouvel art mieux que moi. Le cinéma est une grande chose. Je ne sais pas encore vraiment comment l'utiliser. Lui, il saura. »

À certaines phases du développement, le père de Clément est juste éclairé par une petite lumière rouge. Toute autre source de lumière est proscrite pour ne pas voiler les films. Il est seul dans le calme de la nuit. Ce faible éclairage et ce silence lui procurent une étrange impression de sécurité. Mais cette impression est trompeuse.

Une élégante voiture noire de marque Delage se gare nuitamment devant le Grand Hôtel. En adoptant des méthodes de comploteurs grotesques, deux gardes du corps (les « croque-morts » de la plage) ouvrent respectueusement la portière à un personnage important (le « pingouin ») et l'escortent, une main sur la crosse de leur arme, jusqu'à sa chambre, dans un silence total.

L'homme important se plaint des odeurs de vinaigre qui imprègnent le couloir de l'hôtel et vont jusqu'à s'immiscer dans sa chambre. Cette puanteur risque de gâter ses habits officiels.

Les croque-morts baissent la tête, impuissants. Pendant que leur patron se couche, ils organisent la garde pour la nuit. Ils dormiront à même le plancher et prendront l'un après l'autre le relais sur une chaise devant la porte.

Ils sont contents du travail accompli. La journée s'est déroulée dans une discrétion totale. Leur vigilance a payé. Ils sont en droit d'attendre une belle promotion.

Aux premières lueurs du jour de ce mois de juillet, Antoine Baudry, ignorant l'arrivée de ses nouveaux voisins, et exténué lui aussi, s'écroule sur son matelas dans les odeurs entêtantes d'acétate.

Chapitre 8

Une fille en pantalon

Ma nuit a été courte et mouvementée, agitée de cauchemars.

Mon père m'adore. Il espère me préserver du moindre désagrément et estime agir pour mon bien. Il assume seul la responsabilité de m'élever, c'est sans doute la raison pour laquelle il est sévère. Maman est morte en couches, c'est-à-dire pendant ma naissance. C'est Papa qui m'a mise au monde. Il m'a donné la vie, mais il a été impuissant à sauver celle de sa femme. Il ne se pardonne pas cet échec. Venir vivre à La Barre de Monts a radicalement transformé son existence. Il avait besoin de ce changement après le décès de ma mère.

Son interdiction d'approcher le cinématographe sonne encore à mes oreilles comme une sentence cruelle et injuste. Cependant, il m'est impossible de l'ignorer une deuxième fois. C'est ce que je pense sincèrement, du moins tant que je raisonne à froid.

La réserve du cabinet médical étincelle de propreté lorsque je suis autorisée à mettre le nez dehors. Je pars à bicyclette pour gagner du temps et surtout pour épater Clément. C'est mon parrain qui m'a offert ce moyen de transport moderne, ainsi qu'une jupe-culotte grâce à laquelle on peut pédaler plus aisément. Je la porte rarement parce que c'est une tenue tolérée seulement pour le vélo. Accoutrée en cycliste, je ressemble un peu à un garçon. C'est la seule occasion où je peux porter un pantalon : autrement, c'est interdit aux filles.

Mon ami est sur le remblai du front de mer. Il tourne la manivelle d'un magnifique orgue de Barbarie et veille à ce que les petites cartes perforées viennent sagement se replier en zigzag après leur passage dans l'instrument de musique mécanique. La mélodie attire les badauds à qui le jeune garçon distribue un prospectus annonçant la projection de l'après-midi.

– Tiens une Jeanne habillée en Jean. Pour le Tour

de France, tu as deux semaines d'avance… Et tu sais qu'ils ne prennent pas les filles ?

– Les filles sont capables de pédaler sur un vélo aussi bien que les garçons. Marie Marvingt a posé sa candidature pour participer à cette épreuve.

– Pas sûr que les organisateurs acceptent…

– C'est une grande sportive. Elle excelle dans tous les sports, même ceux interdits aux femmes : le cyclisme, l'alpinisme ou le tir… Pas étonnant qu'elle fasse peur à ces messieurs. Elle promet que, s'ils refusent, elle fera le même parcours que les hommes en prenant le départ plus tard qu'eux.

– En attendant que tu t'inscrives toi aussi, voici un programme pour le cinématographe.

Je suis bouleversée en découvrant parmi les titres : *Deux enfants sur la plage*. En jouant dans ce film, je n'imaginais pas qu'il serait projeté ici même, dès le lendemain de la prise de vues.

Dire que je ne le verrai pas… Je suis d'humeur à mordre, mais je refuse d'avoir l'air d'une hystérique. Je m'applique dans un effort héroïque à ne pas hurler devant mon ami en lui expliquant la situation. Il est aussi indigné que moi.

– C'est injuste ! On utilise un projecteur qui sort de l'atelier, pas une antiquité du XIXe siècle. Il n'y a aucun risque d'incendie, Jeanne. Il faut absolument que tu viennes. Tu es la vedette du nouveau film. Mon père a passé la nuit à le développer. Un art est en train de naître et nous en sommes les créateurs. Tu ne peux pas rater cette opportunité. Tu ne peux pas passer à côté de ton destin.

Clément s'est à nouveau emparé de ma main, ce qui anéantit mes capacités de raisonnement. J'oublie mon père et son interdiction formelle de me rendre au cinéma.

– Si je mets les pieds sous ce chapiteau, il y aura dix personnes qui s'empresseront, la séance terminée, d'aller tout raconter à leur docteur, mon paternel.

– Pas sûr qu'ils te reconnaissent. Ton habit de cycliste m'a suggéré une idée. On se rejoint devant mon hôtel dans deux heures, le temps que je finisse ma distribution de réclames…

– Si mon père apprend que j'ai désobéi, que j'ai assisté à une projection sous un chapiteau, il va se mettre dans une colère noire.

– Aie confiance. Tu assisteras à la projection sans que quiconque le sache. Par contre, tout le monde te remarquera à l'écran. Tu vas devenir une vedette, Jeanne.

Chapitre 9

La séance de cinématographe

Clément propose que je passe une de ses chemises et un de ses pantalons pour me déguiser en garçon. Me travestir. C'est inconvenant et interdit, mais séduisant. Bien qu'il soit un peu plus vieux que moi, mon ami a quasiment la même taille et la même corpulence. Il surveille le couloir devant sa chambre pendant que j'enfile les vêtements qu'il a préparés.

En boutonnant sa chemise sur ma poitrine, je médite sur l'étendue de mon imprudence. Je me suis déshabillée dans la chambre d'hôtel d'un garçon ! Je croise les doigts. Ma conduite est encore pire que ma tenue. Si je me fais surprendre ici ou si le subterfuge est mis à jour, je devrai affronter, outre la colère de mon père, un scandale public.

Je cache ma longue natte brune sous une casquette bouffante en tweed, trop chaude pour la saison. Je rabats la visière pour dissimuler le haut de mon visage. J'ose à peine me regarder dans mon miroir de poche. Sur le palier, Clément s'impatiente.

– Tu lambines. On va rater la séance…

J'ouvre la porte à la volée sans m'accorder un délai de réflexion supplémentaire.

– Je laisse mes affaires dans ta chambre. Alors, pas de mauvaise blague ! Il est hors de question que je rentre chez moi attifée en vaurien.

Mon camarade a quelques secondes d'hésitation avant d'admettre que l'énergumène grotesque qui vient de sortir de la pièce, c'est bien moi. Il se pince les lèvres pour réprimer un rire naissant. Il a raison d'être discret : au premier gloussement, je le gifle.

Je n'ai pas envie d'affronter le regard des autres. Je suis sur le point de renoncer quand Clément m'attire dans la rue avant que je ne batte en retraite.

– Tu es sûr qu'on ne peut pas me reconnaître ?

– Aucun danger. Tu es devenue un garçon. Tu es Jean, mon pote, s'exclame-t-il en m'administrant une bourrade dans le dos qui manque de renverser ma casquette et de dévoiler la supercherie.

Les mêmes curieux qu'hier, à peu de chose près, font la queue devant le chapiteau de toile jaune et vert du cinématographe. Certains ont des habits très stricts ou sont endimanchés pour cette grande sortie, d'autres sont vêtus de façon plus décontractée et ont retiré leur veste. Les estivants se distinguent facilement des habitants du village.

Mon ami attend que presque toutes les issues soient occultées pour me faire entrer. On s'assoit derrière les autres spectateurs. Personne ne nous prête attention, mis à part M. Baudry, qui nous gratifie d'une œillade appuyée, et son assistant. Le spectacle peut commencer.

Il y a d'abord une série de petits courts-métrages que je regarde à peine. Puis, on projette un vieux film d'actualités ennuyeux sur l'assassinat du roi Alexandre et de la reine Draga dans leur palais de Belgrade, des souverains alliés de l'Autriche-Hongrie, précise la légende, et sur l'avènement de Pierre Ier de Serbie, un roi qui fait pencher son pays du côté français et russe. Le nouveau jeu d'alliances pourrait entraîner une guerre dans les Balkans.

Je n'en suis qu'à ma deuxième séance de cinéma et je suis déjà blasée. C'est parce que j'ai hâte de me voir. Je contiens difficilement mon impatience jusqu'à la fin de la projection. Mon image géante en noir et blanc s'anime enfin sur l'écran. C'est la première fois que je me vois ainsi. On s'accommode facilement de son reflet dans un miroir. Il en est autrement au cinéma...

Le film projeté est muet, mais la représentation n'est pas silencieuse. Une musique s'élève du pavillon d'un gramophone et, même si le son est un peu nasillard, la combinaison de l'image et de la mélodie suscite une vive émotion. L'équivalent d'un coup dans la poitrine qui vous empêche de respirer.

Cette saynète où je cours avec Clément sur la plage est un succès. L'assistance est sous le charme. On acclame le réalisateur. Ce dernier s'incline devant son public comme un comédien après le spectacle. Tout le monde est debout, heureux comme des explorateurs ayant découvert un nouveau continent.

– Il paraît qu'il y a même un journaliste dans la salle, me glisse mon ami au creux de l'oreille.

Le souffle de sa voix me chatouille bizarrement. J'ai la chair de poule. Je secoue la tête bien involontairement. Le garçon interprète ce geste comme un acquiescement. Il ne s'est heureusement pas rendu compte de mon émoi. Il continue, imperturbable.

– On aura un bel article. C'est fini les tracas pour avoir l'autorisation d'installer notre cinématographe.

– C'est formidable pour ton père. Maintenant, il faut vite filer avant qu'il ne soit trop tard !

– Dommage qu'on ne puisse pas aller saluer nous aussi. Tu as vu ces deux types habillés en croque-morts qui accompagnent le pingouin au chapeau haut-de-forme ? Ce sont les mêmes qu'à la plage. Ils étaient furieux parce que mon père, sans le faire exprès, avait envoyé du sable sur leurs beaux habits. Enfin, il manque une partie du groupe. Ceux avec la peau mate et une superbe moustache. On les voit tous nettement dans le film, d'ailleurs.

Les deux croque-morts et le pingouin sont là en effet, tout de noir vêtus. Ils ont une mine d'enterrement et semblent, à voir leur air contrarié, avoir souffert mille morts à cette projection. Ils sont les seuls à ne pas applaudir.

J'ai à peine le temps de les repérer qu'ils s'évanouissent, aussi rapidement que des voleurs. Le chapiteau résonne de conversations passionnées. La foule commence à s'agiter vers la sortie. Je suis piégée. Je dois partir tout de suite. La crainte d'être démasquée me paralyse. Le contact de la main de Clément qui se referme sur la mienne est un immense soulagement. Il me guide à travers les coulisses du barnum. Nous filons discrètement.

Nous courons sur la plage à perdre haleine. Nous rions très fort en reproduisant sans nous en apercevoir la scène qui vient d'être projetée sur grand écran. Je tiens fermement ma casquette que le vent et mon vaurien de camarade essayent d'ôter, avant d'abdiquer de guerre lasse.

Clément arbore fièrement le couvre-chef. Il proclame qu'il est Gavroche, le héros de Victor Hugo. Il est stupide, mais tellement drôle. Ma longue tresse de cheveux libérée se balance au rythme de notre foulée. J'ai été tellement tourneboulée que cette furieuse cavalcade me réconforte.

Nous sommes des gamins insouciants… jusqu'à

ce que nous croisions un couple de promeneurs qui nous dévisage avec effarement. Moi, surtout. Ils semblent indignés de mon comportement. Je prends conscience que je cours en pantalon. C'est tellement agréable que j'ai complètement oublié ma tenue. Face à leur réprobation, j'ai l'impression d'être complètement nue. Pourvu que ces deux-là ne soient pas des patients de mon père… Je m'empare fébrilement de la casquette sur la tête de son propriétaire hilare et je fais disparaître à nouveau ma chevelure de fille.

– Je ne vois pas ce qu'il y a de drôle. Je n'ai pas envie d'être envoyée en maison de correction. On va chercher mes habits et mon vélo. Au moins, avec un guidon entre les mains, on admettra que je porte un pantalon de cycliste.

Clément récupère sa clé à la réception de l'hôtel avant de me faire passer en catimini par la porte de service. Je bats des records de vitesse pour me changer.

La mauvaise rencontre de l'après-midi n'a pas réussi à gâcher mon bonheur. Cependant une pensée vient assombrir notre humeur alors que le garçon me raccompagne et que je pousse ma bicyclette en tenue réglementaire de fille sportive.

– Cette fois, vous repliez le chapiteau… Vous partez ?

L'expression de mon ami se modifie. Je viens de lui rappeler une réalité désagréable. Il se force à grimacer un sourire.

– On se déplace seulement de dix kilomètres et puis après c'est le grand saut jusqu'aux Sables d'Olonne. Voyager, c'est la raison d'être des saltimbanques, que veux-tu ?

Je préfère ne pas parler de peur d'éclater en sanglots. Clément se méprend sur les motifs de mon silence.

– Tu t'en fiches. Tu vas retourner à ta vie de gentille petite fille…

Cette andouille croit que son départ ne me touche pas. Il perd sa belle assurance et il ajoute d'une petite voix.

– Si tu me prêtes ton vélo, je reviendrai t'enquiquiner demain.

– Je n'ai pas eu le temps de t'apprendre…

Le garçon adopte une pose malicieuse avant de

me confesser qu'il a pris quelques libertés avec la vérité et qu'il sait très bien faire du vélo, en réalité.

– Autrement, tu n'aurais pas accepté mon invitation, explique-t-il simplement.

– Je suis certainement une idiote à tes yeux pour avoir gobé un mensonge aussi gros.

– Je te demande pardon, Jeanne. Le seul idiot, c'est moi parce que je suis prêt à tout pour qu'on se revoie.

Clément semble aussi surpris que moi de sa confession. Alors, sans attendre ma réaction, il s'enfuit non sans avoir plaqué sur ma joue un baiser maladroit et retentissant.

Chapitre 10

Une illusion de gamine

J'ai longtemps cru que j'entendais vraiment le bruit de la mer en approchant un gros coquillage de mon oreille, que la coquille du mollusque avait enregistré les sons marins et les restituait.

Ce n'était évidemment qu'une illusion de gamine et ma déception a été vive au moment où je m'en suis aperçue. Mais quelle différence existe-t-il entre ce mirage et celui du cinématographe ? Ce n'est pas la réalité que le père de Clément projette sur l'écran… Alors, pourquoi tout le monde est-il persuadé que ce garçon et moi sommes amoureux ?

À commencer par mon père qui en oublie provisoirement ses préjugés contre cette invention dangereuse. Il ose à peine me reprocher d'avoir tourné sans son accord. En bon docteur, il me ménage comme si j'étais souffrante. Je craignais qu'il ne soit agacé que ses patients ne lui parlent que du film. Par chance, personne n'a identifié la fille costumée en garçon lors de la projection. Mais au lieu de me punir, il est prévenant parce qu'il se figure au chevet d'une grande malade : sa fille chérie est amoureuse ! Mon père est complètement désemparé par cette révélation au regard de laquelle le reste n'est que broutille. Il ne comprend pas que nous avons joué la comédie devant la caméra, que nous avons obéi aux indications du réalisateur. Ce n'est pas une scène prise sur le vif à la manière des premiers essais des frères Lumière. Sa dernière séance de cinématographe date de plus de dix ans. Aujourd'hui, cette technique est devenue un art. L'art de la mystification.

Je lui jure que je ne suis pas amoureuse de Clément.

Je ne suis pas amoureuse de Clément. Je ne suis pas amoureuse de Clément…

À force de répéter ce mensonge, je compte bien m'en convaincre.

Je n'y parviens pas.

Chapitre 11

Des activités nocturnes

Les forains ont démonté et rangé leur chapiteau. L'assistant d'Antoine Baudry passe la nuit sur le plateau du camion pour surveiller le matériel. Il dort profondément avec la simplicité d'un bienheureux. C'est une bénédiction pour le pauvre diable qui, semblable à un chien de garde, a pris l'habitude de se coucher n'importe où, pourvu que ce soit près du Peugeot jaune.

Indifférent aux effluves acides de la chambre voisine, Clément virevolte tel un zébulon dans son lit à la recherche d'une solution à un problème insoluble, avant de sombrer dans un sommeil agité.

À quelques mètres, le correspondant de *Ouest-Éclair*, Joseph La Ficelle, allongé les yeux mi-clos, rédige son article. Sans trop savoir pourquoi, il a pris une chambre au Grand Hôtel au lieu de rentrer immédiatement à Nantes.

« Antoine Baudry a su apporter de la fraîcheur à sa réalisation en libérant la caméra de son trépied. Il a inventé un nouveau plan de cinéma où le spectateur a la sensation d'être en mouvement », écrit mentalement le journaliste enthousiaste de *Ouest-Éclair*.

Un détail dérange le jeune reporter. Il songe à des personnages entrevus sur l'écran, des individus dont il se rappelle avoir déjà vu le portrait dans son journal. Il est incapable de se souvenir de l'article que les photos illustraient ou de retrouver leurs noms. Peu importe. Il s'empresse de noter ses idées dans son calepin avant d'éteindre la lumière.

Seul Antoine Baudry veille encore. Dopé par l'euphorie du succès de la représentation, il tire avec sa vieille caméra Lumière quelques copies du film projeté cet après-midi, les développe aussitôt et les met à sécher. La pièce est plongée dans le noir. Un grand morceau de tissu sombre tendu devant la fenêtre occulte l'éclairage public. Une ampoule électrique rouge dans le plafonnier permet au forain de travailler sans altérer la pellicule. Avec des accessoires rudimentaires, il a monté un laboratoire de développement capable de rivaliser avec ceux des grands studios. Une véritable chambre noire.

Le cinéaste apprécie particulièrement ces heures de la nuit où il se croit seul à travailler dans le village. Il ignore qu'au même moment, des pêcheurs remontent leurs filets, que le boulanger allume son four ou que des gredins se mettent à l'ouvrage. Il ne sait pas que la quiétude de ses nuits blanches n'est qu'une illusion.

Une violente détonation retentit vers cinq heures du matin. Clément a l'impression que le bruit vient de sa chambre, avant de se rendre compte qu'il s'est produit derrière le mur de la pièce voisine, celle de son père. Le garçon se précipite en chemise de nuit dans le couloir de l'hôtel ainsi que la plupart des clients de l'étage.

Tout ce monde s'agglutine devant la porte du forain. Elle est fermée et personne ne répond. Le concierge de l'hôtel monte l'escalier, essoufflé, en secouant un trousseau de clés aussi bruyamment qu'un carillonneur.

– J'ai bien essayé de l'alerter. Tous ces produits chimiques, c'était dangereux. Il fallait bien que ça finisse par lui éclater à la figure…

Clément se dit que si les substances qu'emploie son père avaient réellement explosé, il y aurait un gigantesque cratère à la place de l'hôtel. Cet employé raconte n'importe quoi. En plus, c'est le concierge de nuit. Le garçon ne l'a jamais vu à l'hôtel dans la journée, alors comment peut-il affirmer avoir averti son père ?

L'homme manipule maladroitement un passe-partout dans la serrure. Quel empoté ! Le garçon se retient de lui arracher le trousseau des mains pour ouvrir cette porte plus vite.

– C'est impossible à déverrouiller. Il y a encore la clé dans la serrure. C'est fermé de l'intérieur ! Et ça ne peut s'ouvrir que de l'intérieur…

– Alors, enfoncez cette porte ! s'écrie le fils du forain, inquiet. Il imagine mille scénarios plus terribles les uns que les autres et le temps perdu augmente son angoisse.

– Cet enfant a raison. Enfoncez cette porte, mon brave. Qu'on en finisse et qu'on aille se recoucher. J'en endosse la responsabilité, déclare un des clients assemblés dans le couloir.

C'est l'un des deux croque-morts de cet après-midi. Il exhibe une carte tricolore marquée *Direction de la Sûreté générale*. Impressionné par le représentant de l'ordre, le concierge se désintéresse aussitôt de son trousseau pour donner un grand coup d'épaule dans la porte. Elle cède en emportant une partie du chambranle.

Un rai de lumière vive venant du couloir éclaire la chambre noire. Antoine Baudry est étendu sur le sol, inanimé. Une tache de sang auréole sa poitrine. Un revolver près de la porte semble expliquer la détonation.

Le garçon est épouvanté par la scène qu'il découvre. Il est repoussé sans ménagement par le policier qui refuse que quiconque pénètre dans la chambre sans son consentement. Il prétend relever d'abord les empreintes digitales selon les méthodes professées à Paris par le docteur Bertillon.

– Qu'est-il arrivé à mon père ? Pourquoi ne lui portez-vous pas secours ? Il faut appeler un docteur, vite !

Le représentant de la Sûreté générale a un geste d'impatience à l'égard du trublion. Il lève la main à hauteur de son visage pour le réduire au silence.

– Tu m'ennuies. C'est trop tard pour tenter quoique ce soit. Ton père est mort.

Chapitre 12

Le forain ressuscite

Un râle s'élevant de la chambre noire vient démentir les assertions de l'agent à l'allure de croque-mort.

– Il est vivant. Mon père est vivant !

Le croque-mort pousse un long soupir de découragement. Il ne peut empêcher Clément de bondir au secours de son père.

– C'est bon, le concierge. Allez chercher un docteur puisque ce quidam n'est pas encore mort. Mais, je te préviens, jeune homme, ton père va s'attirer de graves ennuis, déclare le policier en montrant la clé qui était à l'intérieur de la chambre.

– Rien n'est plus grave que d'être mort, monsieur !

– Détrompe-toi. Supposons que ton père ait laissé entrer un agresseur. Comment l'individu serait-il sorti de cette pièce alors que la chambre était fermée de l'intérieur ?

– Vous m'embrouillez. Je ne comprends rien à votre question. Papa est à l'agonie, fichez-moi la paix !

– Calme-toi, le docteur va arriver. J'aimerais simplement que tu comprennes la gravité de la situation.

– On a voulu assassiner mon père ! Vous devez retrouver le criminel qui lui a tiré dessus !

– C'est cela que tu ne comprends pas. La clé était encore dans la serrure. Il a fallu casser la porte pour entrer. La fenêtre aussi était fermée. Conclusion de ces indices : personne n'est entré, personne n'est sorti. C'est ton père qui a tiré le coup de feu. Le revolver est encore dans la chambre. C'est mathématique. Ton père a essayé de se tuer, mon gars…

– C'est stupide, monsieur. Il ne se serait jamais comporté ainsi. Il était trop content après le succès de la représentation de cet après-midi. Vous étiez là. Vous avez vu la foule debout en train d'applaudir.

– Ton père avait la folie des grandeurs : un projecteur, un camion, des caméras. Il a dû emprunter pour acheter ce matériel. Comment aurait-il pu rembourser ses dettes ? Je n'ai pas compris ce que les gens trouvaient d'extraordinaire à ce cinématographe. Ce scintillement pique les yeux, c'est tout. En tout cas, ça n'empêche que s'il survit à sa blessure, ton père va être interné en asile d'aliénés jusqu'à la fin de ses jours. C'est le traitement qu'on réserve aux suicidaires. Et je peux te garantir que c'est encore moins amusant que vos simagrées de forain.

Clément a l'idée saugrenue que ce policier est une mouche, une grosse mouche. Comme une mouche, il est incapable de voir le mouvement dans la succession d'images fixes projetées par le cinéma. Ce n'est pas un être humain.

On ne distingue pas grand-chose dans la chambre seulement éclairée par la lampe rouge. Antoine Baudry est de nouveau inconscient en dépit des efforts de son fils qui le secoue pour qu'il reprenne connaissance. Le garçon s'évertue à ne pas regarder le revolver tombé à quelques pas. Mais il ne résiste pas à la tentation. Il n'a jamais vu cette arme. Son père ne possède pas d'arme à feu.

Clément a la migraine. C'est autant la faute de ce méchant policier que celle du contenu des seaux de produits chimiques qui a été répandu. Il y a eu visiblement un grand remue-ménage dans la pièce. Cela sent le vinaigre mêlé à l'odeur de poudre du revolver. Le garçon en a la nausée. Il lève la tête pour apaiser son haut-le-cœur.

Il est déconcerté par ce qu'il constate. Comme à son habitude, son père a tendu un réseau très dense de cordes à linge, véritable toile d'araignée à travers toute la chambre qui sert à suspendre les pellicules qu'il développe. Mais cette fois, la toile d'araignée est vide ! Elle a même été arrachée. Chaque pellicule qui devrait sécher en ce moment au-dessus de sa tête mesure une quinzaine de mètres. Où sont les films que son père a passé toute la nuit à développer ? Et la caméra Lumière ?

Il se prépare à formuler ces questions à voix haute quand il remarque sous le lit une bobine. Il s'en saisit et lit sur l'étiquette *Deux enfants sur la plage.* L'écriture tachée de sang le fait frémir. La pellicule n'a pas roulé accidentellement sous ce meuble, c'est son père qui l'a poussée à l'abri des regards… Pourquoi ?

Profitant de la faible clarté, il glisse la bobine, qui mesure à peine cinq centimètres de diamètre, sous sa chemise de nuit. À cet instant, il a l'intuition qu'il est observé. Il se redresse pour vérifier si le croque-mort le surveille. Le garçon est sûr qu'il a tout vu. Il éprouve une sensation stupide de culpabilité contre laquelle il s'insurge. « Je ne suis pas un petit enfant en train de voler un pot de confiture », se répète-t-il.

Le policier ne fait aucun commentaire. Il a juste un rictus mauvais.

Chapitre 13

Une cavale désespérée

Un vieux monsieur chauve se penche au-dessus d'Antoine Baudry. C'est un praticien à la retraite qui passait quelques jours en villégiature à l'hôtel. Il déchire la chemise du blessé et réclame à grands cris qu'on remplace la lumière rouge de la chambre noire par une ampoule qui éclaire normalement. Après avoir nettoyé la plaie et arrêté le saignement, il demande de l'aide pour retourner le corps inanimé. Clément accourt. Le vieux monsieur est essoufflé et ses mains tremblent. Il n'a pas exercé depuis longtemps. Mais il paraît content de son examen, il n'a pas oublié son métier.

– La balle est ressortie. Elle n'a pas atteint le cœur. Je présume qu'il n'y a pas d'organe vital touché. Il pourrait s'en sortir sans cette hémorragie qui l'a vidé de son sang. Il en a perdu beaucoup trop. On ne peut pas le transporter à l'hospice de Challans, il ne supporterait pas le voyage. Il faudra simplement appeler le docteur du village demain pour confirmer mon diagnostic parce que je ne m'occupais pas des humains lorsque j'étais en activité…

– Vous n'êtes pas docteur, monsieur ?

– C'est tout comme. Docteur des gens ou des bêtes, il n'y a pas de grande différence…

– Mon père n'est pas une bête. Je veux un vrai docteur tout de suite et pas un vétérinaire !

– Ne le prends pas sur ce ton. J'ai vu suffisamment d'animaux blessés pendant la guerre de 1870 pour te dire que ton père ne survivra pas. On va quérir le médecin maintenant puisque tu insistes. En attendant, il va falloir être courageux. Tu as de la famille chez qui tu peux aller ?

– C'est un forain sans domicile. Et bientôt orphelin… Je m'en charge. On va le placer dans une institution avant qu'il ne devienne un vagabond vivant de mendicité et de mauvais coups.

C'est le policier croque-mort qui a parlé. Le

monde s'est totalement écroulé autour de Clément même s'il n'a pas encore assimilé la signification de chacun des mots qui ont été prononcés.

– Tiens-toi tranquille. Je vais t'enfermer dans ta chambre, le temps que le jour se lève. Je rentre à la capitale, une aubaine pour toi. Tu m'accompagneras à Paris. Ensuite, cap sur le Morvan. Je connais un excellent orphelinat où tu seras traité en prince.

L'homme avance le bras. Clément voit avec horreur la grosse main qui va agripper son poignet aussi fermement que le bracelet d'une paire de menottes. Un coup d'œil circulaire lui permet d'évaluer la gravité de sa situation. Le couloir est encombré de badauds réveillés par le bruit du coup de feu et le remue-ménage incessant. Il n'a pas le choix. Son instinct de conservation prend le pas sur sa raison. La peur au ventre, il fonce dans le tas de curieux pour échapper à l'agent de la Sûreté générale. L'effet de surprise joue en sa faveur. Quelques coups de coude judicieusement assénés dans les côtes des adultes qui lui barrent la route et il est en haut de l'escalier dont il dévale les marches quatre à quatre.

Avant que le croque-mort n'ait pu réagir, il est dans la rue. Il respire un grand coup pour se débarrasser de sa nausée. L'odeur des embruns de la marée montante et le froid du petit jour le font frissonner dans sa chemise de nuit. Il marche sans but sur la route qui longe la ligne de chemin de fer. Il n'est plus qu'un orphelin en cavale.

Bien que désespéré, Clément est convaincu que son père n'a pas essayé de se tuer. Il y a trop de choses qui clochent dans ce scénario. Il palpe la bobine 35 mm récupérée à la barbe du policier. La disparition de toutes les copies de ce film, de la caméra Lumière et une foule de détails qu'il a remarqués sans en avoir conscience viennent démentir l'hypothèse du suicide.

Cette pensée lui donne la force de se mettre à courir pieds nus sur les aspérités de la chaussée. Il n'a pas de temps à perdre s'il veut découvrir ce qui s'est passé dans la chambre noire.

Chapitre 14

Une récidive fatale

Hector, l'assistant d'Antoine Baudry, est un ancien fort des halles de Paris qui a été congédié de sa corporation : il buvait trop et se battait lorsqu'il était ivre. L'homme n'est pas futé, voire un peu simplet. Sa principale qualité réside dans sa force herculéenne fort utile pour monter un chapiteau ou pour dissuader d'éventuels maraudeurs. Le père de Clément l'a sorti de l'alcoolisme en le dressant comme un chien récalcitrant. La méthode peut sembler discutable. Pas pour l'esprit fruste d'Hector qui s'arrange d'un système où son patron incarne le chef de la meute. Ça le rassure. Le poivrot est devenu parfaitement sobre.

Clément compte sur son aide. Il est de taille à démarrer le camion et à l'emmener loin de ce cauchemar.

Quand le garçon déboule sur la place du village où le Peugeot jaune est censé stationner, il est abasourdi. Le véhicule et tout le matériel du cinématographe ont disparu. Il ne reste qu'Hector allongé de tout son long sur les gravillons. L'homme gémit, vautré dans sa vomissure. C'est une catastrophe.

– Ce n'est pas de ma faute… Il m'a forcé à boire. Je jure. Je ne voulais pas…

Clément envoie un coup de pied rageur dans les cadavres de bouteilles qui vont rouler à bonne distance de l'ivrogne. Une vive douleur vient aussitôt lui rappeler qu'il n'a pas de chaussures. « Encore heureux que le verre ne se soit pas cassé », songe-t-il. « J'ai de la chance. Oui, vraiment de la chance ! Mon père est entre la vie et la mort, je suis traqué, pieds nus et on nous a volé tout ce qu'on possédait… »

La situation semble sans issue pour le garçon jusqu'au moment où il aperçoit le vélo qu'il a emprunté hier, appuyé contre un mur. Il croit entendre les clameurs de ses poursuivants. Alors, sans réfléchir, il saute sur la bicyclette et pédale avec l'énergie du désespoir pour sortir de la ville et chercher refuge sur les petits chemins au milieu des marais.

Un troupeau de vaches qui paissent dans les champs gagnés sur la mer le regarde passer. Un âne est mort en bordure d'un marécage et un nuage de mouches bourdonne autour de son cadavre, formant un halo noir. La campagne est déserte. Les marais salants à perte de vue ne concèdent aucun relief au paysage.

La fortune sourit cette fois à Clément. Des vêtements appartenant à un maraîchin pendent sur les cordes à linge d'une ferme isolée. Le garçon fonce sans prendre garde. Il trébuche sur un battoir à lessive encore à demi-plein et renverse une précieuse eau douce. Il déclenche les aboiements furieux des chiens. Mais il récupère un pantalon et une blouse noirs avant de se sauver.

Il n'a plus froid. Peu après, il entre dans une bourrine abandonnée depuis des lustres. Il s'allonge sur le sol de cette maison construite en argile et contemple le ciel par le trou béant dans la toiture en roseaux affaissée.

Chapitre 15

Où Joseph La Ficelle mérite son surnom

Le correspondant de *Ouest-Éclair* est content de ne pas avoir repris immédiatement la route, la séance du cinématographe terminée. Il était loin de soupçonner qu'en prenant une chambre au Grand Hôtel il décrocherait un scoop pour son journal.

Il téléphone à sa rédaction. Il est pressé de communiquer les informations qu'il détient. Une exclusivité, ça n'attend pas. Ce matin, *Ouest-Éclair* va titrer à la une : *Le suicidé de la chambre noire*, un article de Joseph Vrignaud.

Cet article n'est que le premier d'une série. Le journaliste est décidé à approfondir ce fait divers.

En dépit de son jeune âge, il sait d'instinct si un sujet recèle une face obscure. Joseph Vrignaud est un chien de chasse hors pair. Lorsqu'il commence à flairer le fumet du gibier, il suit la piste jusqu'au bout et formule de brillantes déductions. Il a révélé l'étendue de sa débrouillardise et de son astuce lors de précédentes enquêtes. C'est pourquoi on le surnomme Joseph La Ficelle, c'est-à-dire Joseph Le Malin, dans le milieu du journalisme, un monde où l'on aime bien attribuer des sobriquets.

La Ficelle, coincé dans le couloir comme les autres clients de l'hôtel, a été témoin de tous les événements survenus après le coup de feu. Les circonstances du drame sont très claires. Le forain, Antoine Baudry, était dans une pièce aux issues parfaitement closes : la fenêtre était fermée et une tenture placée devant en assurait l'opacité. Quant à la porte, verrouillée de l'intérieur par une clé qui était encore dans la serrure, il a fallu l'enfoncer. Qu'importe l'évidence, le journaliste a des doutes sur cette tentative de suicide…

Il part à la recherche du fils de la victime. Il pense qu'il est important de le retrouver avant les policiers.

Le reporter fait corps avec sa moto, une Griffon 1903, qu'il a achetée d'occasion grâce à ses premières piges quand il est revenu de l'armée. C'est un véhicule bien commode pour l'exercice de son métier. Il ajuste ses lunettes de motocycliste. On attrape vite un moucheron dans l'œil à ces vitesses.

Il prend la direction de la place. Il stoppe net dès qu'il reconnaît Hector. L'assistant, complètement saoul, cuve son vin en ronflant à l'endroit précis où, la veille, se dressait le chapiteau des Baudry. Le journaliste arrive à l'extirper brièvement de son engourdissement d'alcoolique. Le misérable lui indique que Clément est parti à vélo en direction des marais, avant de se rendormir.

La Ficelle est certain que la police bénéficiera bientôt des mêmes renseignements que lui, mais les chemins de terre ne sont pas praticables pour des véhicules autres que des deux-roues. Cela lui fournit un avantage non négligeable. Il traverse pendant des kilomètres une vaste étendue plate où les buttes de sel sèchent au soleil.

À la croisée de deux sentiers, des chiens en embuscade dans le fossé se jettent sur la moto qui parvient de justesse à ne pas s'embourber dans le marais aux côtés de l'âne mort. Un fermier en colère rappelle ses cabots. Il vocifère des jurons vengeurs dans le patois maraîchin et se plaint :

– Ce n'est pas un chemin pour les motocyclettes. Ces engins affolent les bêtes. Sans compter qu'on m'a volé mes vêtements. Ça commence à m'énerver !

La Ficelle exécute un demi-tour prudent. Il touche au but. Un peu plus loin, il arrête sa moto devant la vieille bourrine en ruines.

Clément, transi de froid, dort sur le plancher de terre craquelée qui présente l'aspect trompeur d'un dallage en pierres. Ses habits amples lui donnent une apparence grotesque. La Ficelle lui tapote doucement l'épaule en souriant.

Chapitre 16

Un orphelin de moins

Retrouver Clément le premier est une petite victoire pour le reporter qui compte bien l'interroger sur tous les points demeurés obscurs. Il espère une description détaillée de la chambre noire. Le garçon a pu y pénétrer. La Ficelle n'a pas eu cette opportunité.

– Papa est… ?

– Tout va bien. Ton père a repris connaissance. Ses jours ne sont plus en danger.

– Vous dites bien la vérité, monsieur ? Cette nuit, il était condamné…

– Le vétérinaire qui a dispensé les premiers soins est un âne. Habitué à s'occuper des bêtes et des gens dans les campagnes isolées, il a fini par tout confondre. Cette vieille bique n'a pas ouvert un livre de science depuis quarante ans. Le médecin du village, lui, s'est révélé très compétent. Il a décrété une transfusion sanguine immédiate. Vu la quantité de sang perdu, cela s'imposait. C'est une méthode hasardeuse, mais qui a permis des résultats inespérés.

– Il va vivre, alors ?

Joseph La Ficelle hoche la tête. Il ne peut retenir un sourire juvénile devant la mine réjouie de son petit protégé.

– Je te conseille de venir avec moi. À moins que tu ne préfères t'expliquer avec le propriétaire des nippes que tu portes quand il t'attrapera. Tu sais que tu ressembles à un épouvantail avec ces vêtements trop grands ?

– Où m'emmenez-vous ?

– On rentre au village.

– C'est hors de question. Jamais je n'accepterai qu'on m'enferme dans un orphelinat !

Clément claque des dents, autant à cause du froid qu'à l'évocation de l'institution.

– Rassure-toi. Il n'y a plus aucune raison de te placer dans un orphelinat puisque ton père est vivant. Je conçois ta frayeur : ces établissements ressemblent plus à des bagnes qu'à des nids douillets… Je suis certain que notre ami policier avait choisi le pire pour toi…

– Il a renoncé ?

– Ses intentions n'ont plus aucune importance.

Le visage du garçon récupère des couleurs.

– Mon père a expliqué ce qui s'était passé ?

– Il était trop faible pour parler immédiatement. Il a besoin de repos. Il a été transporté à l'hôpital. Il faudra un peu de patience. Quelques jours de convalescence et il sera sur pied. En attendant, tu continueras de loger à l'hôtel. C'est le journal qui paye. En échange, tu dois me décrire tout ce que tu as vu quand tu es entré dans la chambre. As-tu ramassé un objet quelconque ?

Clément secoue la tête en signe de dénégation. Il n'accorde pas encore totalement sa confiance au journaliste La Ficelle. Il lui rapporte fidèlement ce qu'il a observé dans la chambre noire, mais il se garde de mentionner la bobine de film qu'il a découverte sous le lit.

– Tu sais, avec ton aide, je vais écrire une suite

d'articles sur une des affaires les plus mystérieuses de ma carrière. On va abattre du bon boulot ensemble, bonhomme…

– Du boulot ?

– Oui, on va résoudre l'énigme de la chambre noire.

Chapitre 17

Où il s'avère que La Ficelle a de la mémoire

Grâce à la ténacité du journaliste, l'enquête rebondit. Plus personne ne prétend que le père de Clément s'est tiré une balle dans la poitrine. Il y a des traces de lutte dans la chambre. Les seaux contenant les liquides de développement ont été renversés. Les analyses ont montré que le revolver a été méticuleusement essuyé avant d'être abandonné sur le lieu du crime. On n'a décelé dessus aucune empreinte digitale, même pas celles du présumé suicidé. C'est la preuve qu'il n'a pas actionné la détente de l'arme. Il a juste essayé de défendre ses biens contre un agresseur.

Ce qui est étrange, c'est qu'on ait simultanément volé le camion et le reste du matériel sur la place du village. Hector a été plus aisé à maîtriser que le père de Clément. Il a suffi de quelques litres de vin pour le neutraliser. Il n'y a rien à tirer de son témoignage : le gaillard souffre manifestement beaucoup. La dernière dose d'alcool qu'il a absorbée a été la goutte en trop dans un vase rempli pendant des années.

Le rapprochement des deux vols oriente l'enquête des deux agents de la Sûreté générale vers des forains concurrents. Ils décident donc de clore le dossier, d'autant qu'ils supposent que les voleurs doivent être fort loin. C'est ce qu'ils déclarent à La Ficelle qui déplore leur manque de dynamisme. « Les forces de l'ordre font peu de cas de l'agression d'un colporteur du cinématographe et de la disparition de ses biens », regrette-t-il.

La rédaction de *Ouest-Éclair* se prépare également à jeter l'éponge et à rappeler son correspondant.

Joseph rumine la nouvelle. Allongé dans sa chambre, il parcourt les articles du journal. L'idée de renoncer à suivre une piste met en rogne ce fin limier. Il hésite entre les actualités et son repas. Il va manger froid. Il est aussi de mauvaise humeur parce que ce garnement de Clément ne facilite pas son enquête.

Le quotidien relate une crise internationale en train de naître :

« Secoué par la révolution des Jeunes-Turcs, l'Empire ottoman, vieux de six siècles, s'effondre dans les Balkans. Ses soubresauts menacent d'enflammer l'Europe. La flotte russe de la mer Noire est prête à appareiller. Un autre empire, l'Autriche-Hongrie, avec le soutien de l'Allemagne, met à profit la faiblesse de l'Empire ottoman et envisage d'annexer un de ses anciens territoires : la Bosnie-Herzégovine. Ce projet provoque la colère de la Serbie qui appelle ses alliés à la rescousse. La tension entre les deux blocs, Triple Entente contre Triplice, est à son paroxysme. Va-t-on vers une guerre mondiale ? »

Il lâche son journal. Il n'a plus faim, il vient d'avoir une inspiration : il sait qui sont les personnages qu'il a cru distinguer dans le film et qui l'ont tant obsédé après la projection. Il peut enfin mettre un nom sur leurs visages. L'un est une figure bien connue du mouvement des Jeunes-Turcs en exil, l'autre est un attaché de l'ambassade d'un pays balkanique qu'il a rencontré l'année passée à l'exposition coloniale de Paris.

Il commence à assembler les morceaux du puzzle : la caméra d'Antoine Baudry a vu ce qu'elle ne devait pas voir, une rencontre secrète entre deux diplomates de pays ennemis. Au final, ce sont quelques centaines de milliers de spectateurs qui, par la magie de la technique, risquaient de la voir aussi.

Cette révélation peut faire capoter des négociations en cours. Les États sont comme des enfants. Ils constituent des équipes avant un match, sauf que la guerre n'est pas un jeu et elle se prépare dans la vieille Europe en cette année 1908. La région des Balkans est un gigantesque chaudron sur le point d'exploser. Certains pays veulent accéder à l'indépendance, d'autres former des empires et d'autres encore reconquérir des territoires perdus. Chacun cherche à conforter ses alliances en vue de la confrontation prochaine qui sera peut-être mondiale.

Clément n'a pas voulu dire ce qu'il avait trouvé au journaliste, mais La Ficelle a plus d'un tour dans son sac. Il était convaincu que le garçon avait déniché quelque chose qui intéressait les agresseurs du forain. Maintenant, il a compris quoi. Et il en conclut que les gredins vont repasser à l'action.

C'est une raison de plus pour être sur le qui-vive et mettre son plan à exécution.

Chapitre 18

Où je deviens célèbre

Ce matin, au réveil, j'avais une drôle d'impression… C'est étrange de se réveiller en se disant qu'on va devenir célèbre, presque une vedette. C'est-à-dire quelqu'un qu'on connaîtra en dehors des limites de son village. Tout cela parce que des inconnus vont voir votre visage sur un écran. Les images du film défilent encore dans ma tête. Je peux encore sentir la chaleur de la main de Clément dans la mienne. J'ai hâte de le revoir. C'est bizarre parce que d'habitude je trouve les garçons stupides.

La nouvelle de la tentative de suicide du colporteur et de la fuite de son fils se répand rapidement. Et, même si mon père s'ingénie à m'en préserver, il m'est impossible au cabinet d'ignorer très longtemps les péripéties nocturnes alors qu'elles alimentent tous les commérages des patients.

Toute la matinée, comme j'ai prêté mon vélo, je fais mes livraisons matinales de médicaments à pied. Dans la rue, on me dévisage comme une bête curieuse. Je suis devenue « la fille du cinématographe ». Je constate que la renommée est un fardeau lourd à porter. Tous ces regards dirigés vers moi sont autant d'aiguillons douloureux qui me font perdre la tête. Je n'ai qu'une hâte : rentrer chez moi et me cacher sous les draps dans mon lit.

À mon retour, inquiet de ne pas avoir le compte-rendu de ma tournée à ses malades, mon père vient me secouer et m'apporter le journal. Il paraît que la pellicule de *Deux enfants sur la plage* a disparu : aussi bien le négatif que les copies. C'est inexplicable. « Le forain était enfermé à clé dans une pièce qui n'avait d'autre issue que la fenêtre, elle-même close. » C'est l'article de *Ouest-Éclair* qui le relate. Le reporter termine par une formule accrocheuse : « Y a-t-il un mystère de la chambre noire ? »

J'essaye d'imaginer la détresse de mon ami en ce moment. J'étais loin de me douter que c'était pour soigner M. Baudry qu'on était venu sortir Papa de son lit cette nuit. Je dois affronter le monde et retrouver Clément comme prévu. Il a plus que jamais besoin de moi.

Chapitre 19

Un secret partagé

Je suis la seule personne à qui Clément révèle le secret de la chambre noire cet après-midi-là.

Mon ami a les traits marqués par les épreuves qu'il vient de traverser. Son visage s'illumine d'un sourire d'allégresse lorsqu'il m'aperçoit au rendez-vous fixé la veille, près de la petite plage. Il m'enlace, oubliant toute bienséance.

Je ne cherche pas à desserrer son étreinte. J'ai eu trop peur de le perdre. J'ai l'impression qu'on s'est quittés depuis des mois, alors qu'on est séparés seulement depuis vingt-quatre heures. Au bout d'un moment, Clément se rend compte que la situation est embarrassante, même pour un garçon audacieux. Il recule, aussi groggy que s'il venait de recevoir une décharge électrique. Je suis aussi un peu gênée. Nous nous examinons sans parler, comme des lutteurs qui se jaugent. J'ignore ce qui se passe. Je m'aperçois que mon ami ne le sait pas plus que moi.

Le silence est heureusement vite rompu par un puissant fou rire. Je lui donne la main jusqu'à mon vélo qu'il a ramené à grand-peine des marais tout crotté. Je monte derrière lui sur le porte-bagages, en amazone (difficile de m'asseoir autrement avec ma robe), et nous longeons la voie de chemin de fer en direction de l'étier du Pont Neuf. Mon père dispose d'une cabane sur pilotis au bord de ce canal qui relie la mer aux marais. Grâce à un filet suspendu à un treuil, il peut attraper des anguilles en restant à l'abri des intempéries.

L'embouchure de l'étier sert de port aux embarcations, des chaloupes de pêche ou des navires marchands. Les bateaux viennent à La Barre de Monts remplir leur cale de sel. Sur le quai, ils déchargent les pierres qui leur servent de lest pour éviter de chavirer quand ils accostent à vide. Nous escaladons le monticule formé par l'entassement de cailloux. À l'échelle du marais, c'est une petite montagne qui offre un point de vue panoramique sur les environs. Le marécage tisse un réseau compliqué à perte de vue. L'étier communique avec d'autres canaux qui sont eux-mêmes reliés à d'innombrables fossés entourant et délimitant les champs des maraîchins.

L'aménagement intérieur de la cabane de Papa est sommaire. Les planches en bois dégagent une forte odeur de goudron qui s'ajoute à celle du poisson. Mais, une fois la porte refermée, j'ai la sensation qu'une frontière infranchissable a été dressée et qu'elle nous protège des êtres malfaisants.

Clément déroule une bobine de film. Il m'explique qu'il l'a récupérée sous le lit de son père. Il n'en a parlé à personne. C'est un secret.

Nous nous regardons sur le négatif en noir et blanc, où tout ce qui est lumineux est noir et tout ce qui est sombre est blanc, courir comme des fantômes blancs dans la nuit noire seize fois par seconde. C'est bien nous. Le celluloïd a capté à jamais notre image.

C'est notre secret.

Chapitre 20

Une étrange fratrie

Papa est prêt à tout me pardonner, y compris ma mauvaise réputation. Je suis devenue pour longtemps « la petite fiancée du cinématographe » dans le village. On va lui rebattre les oreilles avec cette projection jusqu'à sa retraite. Peu importe : il est soulagé que je surmonte cette situation et que je ne tombe pas dans la mélancolie. Au fond, il a un cœur d'or. Il est aussi moins strict parce qu'il est fier d'avoir accompli un petit miracle en sauvant le père de Clément.

Il m'a fait mille fois le récit de son savoir-faire. Il n'en a guère l'occasion d'habitude car selon sa litanie préférée : « La science est démunie face aux maladies du marais ». Il savoure cette satisfaction personnelle en chantonnant.

Il m'autorise à accompagner mon ami à l'hôpital. La Ficelle nous sert de chaperon pour cette excursion. Il table sur des révélations d'Antoine Baudry pour calmer l'impatience de sa rédaction. Papa regrette de ne pas pouvoir se joindre à nous. Ses malades l'attendent et, à défaut de leur redonner la santé, il doit au moins soulager leur douleur. Sa bonne humeur est telle qu'il me ressasse en guise d'au revoir sa foi en un vaccin qui guérira toutes les infections.

Le petit train de Fromentine nous emmène à la ville dans un panache de fumée rempli d'escarbilles encore chaudes qu'il est préférable de ne pas recevoir dans l'œil. La Ficelle nous conseille fermement de ne pas nous pencher exagérément par la portière.

À l'hôpital de Challans, une religieuse en cornette nous dirige vers une immense salle au plafond haut. Trente lits sont serrés les uns contre les autres dans la pièce commune au centre de laquelle trône un poêle, bien inutile dans l'étuve du mois de juillet. Une odeur aigre de transpiration et d'urine nous pique la gorge. L'endroit résonne de mille bruits, juxtaposition de gémissements et de conversations. Il faut parler fort pour être entendu de son voisin.

Antoine Baudry est allongé dans un lit. Sa tête est relevée par des oreillers et il est parfaitement conscient. Un ballon en verre, qui pend au-dessus de lui, est relié par un tube à une grosse aiguille plantée dans le pli de son coude. Il lève péniblement son bras libre dès qu'il aperçoit son fils. Clément s'élance sur son père qui émet un petit cri.

– Excuse-moi. Tu as mal, Papa ?

– M. Baudry reprend doucement de la vigueur. Il va bien, mais ne parle toujours pas, nous explique la sœur qui nous a escortés parmi le dédale de la salle commune.

Joseph La Ficelle range son crayon, sincèrement déçu par la déclaration de la religieuse. Devant la mine grise du journaliste, je suis décidée à l'aider dans son enquête. Pourquoi ne lui donne-t-on pas notre négatif ? Il doit être important. Le père de Clément l'a poussé sous le lit en usant ses dernières forces. La Ficelle est un fin limier, doublé d'un débrouillard. Il y repèrera peut-être des indices. C'est notre intérêt que le mystère de la chambre noire soit résolu au plus tôt. Mais, je ne peux pas agir contre la volonté de mon ami. Et Clément n'a pas l'intention de se dessaisir de son film.

Le garçon demeure blotti contre son père de longues minutes.

L'infirmière nous affirme que M. Baudry sera sur pied avant la fin de l'été.

– Tu peux te rassurer, mon petit.

Elle ponctue sa phrase en se permettant une petite caresse sur la tête de mon camarade comme on ferait pour flatter un animal. Elle me demande si je suis sa sœur. D'instinct, je bats prudemment en retraite pour échapper au même traitement. La religieuse, pensant que je n'ai pas entendu la question, la pose à nouveau. Ce qui me plonge dans l'embarras. Est-ce que je suis la sœur de Clément… ? Sinon, quoi d'autre ?

Chapitre 21

Où je me souviens de l'existence de mon père

La Ficelle nous quitte au terminus du train devant le Grand Hôtel, près de l'estacade en bois de Fromentine qui permet aux bateaux à vapeur d'appareiller vers les îles d'Yeu ou de Noirmoutier. Une sirène bat le rappel des retardataires. Les voyageurs se hâtent d'embarquer. Le journaliste nous jette un clin d'œil complice en s'éloignant.

– N'oubliez pas que vous êtes sous ma responsabilité. Alors, pas de bêtises… Jeanne, ton père t'attend pour le dîner. Il est susceptible de rameuter toute une brigade de gendarmerie au moindre retard… Ciao, les amoureux !

Tandis que Joseph s'éloigne goguenard en agitant la main, il me semble voir un chapeau noir dépasser des dunes. Les croque-morts ! Il est encore temps de se réfugier auprès de notre *protecteur*… et de passer pour une trouillarde. Non, c'est stupide. C'est un effet de mon imagination. Il n'y a personne. Hormis quelques lapins tapis dans leur terrier, les buttes de sable sont désertes.

Même la plage commence à être peu à peu délaissée. Les maisons bâties près de l'océan semblent inhabitées. Chacun vaque à ses occupations avant le repas du soir. Et les enfants n'échappent pas à la cérémonie du bain. Seule la bonne odeur du souper qui mijote trahit une présence humaine. J'ai envie de prendre la main de Clément et de partir à nouveau dans une course folle. La même que dans le film tourné par son père. Ce film qu'il s'obstine à camoufler dans sa poche. Joseph La Ficelle nous a appelés « les amoureux ». Je ne rougis plus quand mon ami glisse sa main dans la mienne. Je suis peut-être une amoureuse. Je ne sais pas. Il y a tant de choses que j'ignore sur ce garçon.

Clément n'a jamais connu sa mère. C'est un sujet de discussion qu'il évite. Son attitude m'agace un peu parce que, moi, je lui ai tout raconté. Il sait que je peux comprendre sa détresse parce que je suis moi aussi une orpheline. Alors, dans la lumière orangée de cette fin d'après-midi, je juge le moment opportun pour lui poser la question fatidique :

– Ta mère est toujours vivante ?

– Bien sûr, sursaute-t-il. Quelle idée de penser qu'elle pourrait être morte !

– Elle est où, dans ce cas ?

Clément se gratte le bout du nez. Il fronce les sourcils. Puis, son visage crispé se décontracte et il se lance dans une explication.

– Mon père n'a pas toujours été colporteur du cinématographe. Avant d'acheter des films et un projecteur, il montrait des monstres aux spectateurs sous sa tente.

– Des monstres ?

– Oui. Il en avait toute une collection. Une femme avec une vraie barbe. Une autre obèse aux bras, ventre, fesses et jambes affreusement gonflés par la graisse accumulée. Elle était énorme, outrageusement maquillée et devait peser dans les deux cents kilos. Un homme de petite taille, mesurant à peine 65 centimètres. Et surtout, deux ravissantes jeunes filles qui se déplaçaient en adoptant la démarche d'un crabe. Elles étaient liées l'une à l'autre par des liens plus forts que ceux du sang puisqu'elles étaient sœurs siamoises et que les os de leurs bassins étaient collés l'un à l'autre.

– C'est horrible !

– Les badauds raffolaient de ce genre de spectacle. Même aujourd'hui, les montreurs de monstres continuent à exhiber leurs créatures. Et puis, c'est leur gagne-pain.

– Mais quel rapport avec toi, Clément ?

– Ma mère, commence-t-il en hoquetant, ma mère était une de ces sœurs siamoises. L'autre était amoureuse d'un très beau lanceur de couteaux qui travaillait pour un forain concurrent. Elle a convaincu sa jumelle de m'abandonner et de plaquer mon père.

Je le regarde, incrédule. Ce garçon me prend pour une cruche. Il m'a raconté n'importe quoi pour couper court à ma curiosité.

Il part d'un grand éclat de rire. Et moi, qui l'ai écouté religieusement, je me sens flouée. Je lui flanque un coup de coude dans les côtes dont le seul effet est de redoubler son hilarité. Clément est un pitre. Mais ses farces sont un moyen de défense. La disparition de sa mère est encore douloureuse. Il est impossible de lui arracher la moindre confidence sur ce qui s'est réellement passé.

Il se calme et me regarde penaud. Il est désolé de ne pas pouvoir dire certaines choses. Je ne lui en veux pas. La fable qu'il m'a servie doit contenir une part de vérité. À moi de deviner laquelle en attendant qu'il exprime ce qui lui pèse tant. Je suis certaine qu'avec de la patience mon ami finira par se livrer.

En silence, cette fois, nous poursuivons la promenade jusqu'à la plage de la grande côte, là où le rivage n'est plus protégé par la proximité de l'île de Noirmoutier. Au-delà de la conserverie de poissons toute neuve et de son immense cheminée en briques rouges, il n'y a plus aucune construction et seulement quelques rares flâneurs. J'adore ce coin sauvage, particulièrement venté, au pied des dunes. Cet endroit que les anciens appelaient la Mer de Sable parce que, avant la plantation de la forêt, il y avait des tempêtes de sable qui déferlaient sur le village comme au Sahara.

Nous ne pouvons pas nous résoudre à mettre fin à cette balade. Je n'ai pas envie de quitter Clément. Soudain, je me souviens de l'existence de mon père. Nous sommes allés beaucoup trop loin, je vais arriver en retard pour le dîner. Je dois partir et je n'ai pas de temps à perdre.

J'attends mon petit baiser avant de rentrer en courant quand me vient une idée folle. Cette fois, c'est moi qui vais l'embrasser. Il n'y a pas de raison que les filles attendent un baiser des garçons et jamais l'inverse ! Juste un petit bisou sur la joue… Mais mon ami est surpris. Il tourne la tête au moment où je m'approche de lui et je rate ma cible. Mes lèvres atterrissent sur les siennes et je l'embrasse sur la bouche. Je suis rouge de confusion, bien que bizarrement heureuse de mon audace et de ma maladresse. Ce contact électrique ne dure qu'un instant. Un réflexe de pudeur nous repousse à un mètre l'un de l'autre. Clément est estomaqué par ma hardiesse. Il pense que je l'ai embrassé sur la bouche volontairement. Je ne le détrompe pas.

Je fonce chez moi. Peu importe les reproches qui m'attendent, je suis de nouveau joyeuse.

Chapitre 22

Une filature compliquée

Perdue dans mes songes, j'en oublie de reprendre mon souffle. J'ai un point de côté. Je ralentis un peu et me retourne pour scruter la direction qu'a prise Clément. Je ne vois plus le garçon mais je découvre avec effroi deux silhouettes toutes de noir vêtues qui se découpent sur l'horizon. Les deux policiers croque-morts sont sur la piste de mon ami. Je n'avais pas juste rêvé leur présence. Ils sont bien réels.

Il est tard. Je vais être sévèrement réprimandée par mon père, mais je ne peux pas me conduire en petite fille sage et rentrer à la maison comme si je n'avais rien vu. Je dois faire quelque chose tout de suite.

En essayant d'être la plus discrète possible, je me faufile à la suite des deux bonshommes. Nous sommes vite revenus dans le nouveau quartier de La Barre de Monts, près de l'estacade de Fromentine. Insouciant, Clément rentre au Grand Hôtel. Il ne se rend absolument pas compte du péril qu'il court. La menace se précise pourtant car les deux croque-morts s'engouffrent à leur tour dans l'établissement. Je n'ai pas de temps à perdre.

Au moment où je vais moi aussi pousser la porte d'entrée du bâtiment, une grosse main s'abat sur mon épaule. Je frise la crise cardiaque. Je vais crier, mais une deuxième main se plaque sur ma bouche me réduisant au silence.

– Jeanne, c'est moi, La Ficelle. Ne fais aucun bruit.

– Joseph, qu'est-ce que vous fabriquez ? Et quel mauvais coup mijotent ces policiers ? Pourquoi suivent-ils Clément ? Et pourquoi les suivez-vous ?

– Fillette, cela fait beaucoup de questions et je n'ai pas encore toutes les réponses. Mais tu peux avoir confiance en Joseph La Ficelle pour découvrir ce qui se trame. Maintenant, rentre chez toi. Ta place n'est pas ici, ma poulette…

J'ai une envie folle de crier à ce paon prétentieux que je ne suis pas sa poulette. Je déteste qu'on m'appelle ainsi. Même mon père ne s'y risque pas.

– Il est hors de question que je parte si Clément est en danger.

– Ton ami ne risque rien tant que je le protège. Sauf que cette protection ne pourra pas durer éternellement. Je ne suis pas un touriste en villégiature. J'ai des comptes à rendre à mon journal et des articles à écrire.

– Je n'ai pas peur de ces brutes.

– Je n'en doute pas, ma mignonne. Mais ton papa va s'inquiéter et puis cette enquête est une affaire sérieuse. Ce n'est pas la place d'une fille.

Je n'en crois pas mes oreilles. Joseph La Ficelle en est resté au temps des cavernes. Il est persuadé que la place des filles est dans la grotte près du feu, tandis que les garçons vont chasser le mammouth… Cependant l'évocation de mon père est de nature à me faire prudemment battre en retraite.

– Jeanne, avant que tu partes… Est-ce que tu as une petite idée de l'endroit où Clément a caché ce qu'il a trouvé dans la chambre de son père ? Il ne t'a rien dit ?

Il est trop tard pour répondre. J'ai repris ma course en direction de la maison et je n'ai pas l'intention de revenir sur mes pas pour satisfaire la curiosité d'un primate.

Chapitre 23

Une corde de marin

La Ficelle a profité de son passage en ville pour acquérir une arme. Lui qui est le plus doux des hommes, même s'il a déjà été amené à jouer des poings pour se défendre sur d'autres affaires, pressent qu'il en aura besoin pour mener à bien celle-là.

La nuit est avancée et le journaliste glisse dans une douce torpeur. Il commence à douter de ses déductions. Il n'y a plus aucun bruit à l'hôtel. Les couloirs sont déserts. Tout le monde dort. C'est quand il envisage, résigné, d'aller se coucher qu'il entend le premier craquement.

Les deux policiers croque-morts avancent à pas de loup en direction de la chambre de Clément, précédés du concierge qui était de garde la nuit de l'agression de son père. Par la persuasion et la menace, ils ont converti l'honnête employé en complice servile. La promesse d'une grosse somme d'argent a balayé ses derniers scrupules.

Le triste personnage tient son trousseau de clés à la main. Il pèse de tout son poids sur la poignée de la porte dans l'improbable hypothèse où elle ne serait pas verrouillée. Il n'a pas plus de chance avec son passe. La clé de l'occupant de la chambre est restée dans la serrure.

– Vas-y, tu procèdes selon le plan, lui commande un des deux inspecteurs à voix basse.

– Monsieur Clément, vous m'entendez ? Ouvrez-moi, c'est important.

Le concierge tambourine à la porte tout en continuant à psalmodier le mot « important ». On entend un grognement à l'intérieur de la chambre. Encouragé par ce résultat, il reprend là où il s'était arrêté.

– … important, monsieur Clément. C'est votre père. L'hôpital de Challans a appelé l'hôtel grâce au téléphone, une superbe invention. Enfin, c'est triste, très triste. Votre père… comment dire ? Est mort. Votre père est mort…

La clé qu'on manœuvre. Un déclic dans la serrure. Le concierge regarde les deux croque-morts en souriant en quête de leur approbation. Mais les policiers repoussent leur comparse sans ménagement et dégainent leur arme. Ils pénètrent dans la chambre en usant de mille précautions comme si le plus redoutable des malfaiteurs logeait là.

L'intérieur de la pièce est plongé dans le noir. Il y a bien quelqu'un, mais pas celui que les visiteurs s'attendaient à trouver.

– Mains en l'air, mes gaillards et surtout ne vous retournez pas !

Les intuitions de Joseph La Ficelle étaient bonnes. Il a échangé sa chambre contre celle de Clément et il a eu raison.

– Attendez-vous à avoir des ennuis, sale fouineur. Vous pointez un revolver sur deux fonctionnaires de la Sûreté générale…

– Bas les masques, messieurs. Fonctionnaires, d'accord, mais certainement pas de la Sûreté générale française. Plutôt, d'une puissance étrangère, non ? Votre accent des Balkans vous a trahis. Un conseil, la prochaine fois que vous vous aventurerez dans une station balnéaire pour assurer la protection d'un diplomate, habillez-vous plus gaiement ! Deux croque-morts sur une plage, ça se remarque… Quant à votre protégé, avec son costume officiel, il était aussi discret qu'un pingouin échoué sur le sable. Enfin, vous n'avez pas mis la gendarmerie de Beauvoir au courant des événements qui se sont déroulés ici. C'est la gendarmerie qui s'occupe habituellement des actes de délinquance commis à la campagne et non pas la police. Le brigadier n'a jamais entendu parler de vous. Sans *Ouest-Éclair*, il serait encore dans l'ignorance de vos manigances. Le brave homme va ouvrir une enquête.

– Le temps qu'il s'intéresse à nos personnes, nous serons déjà loin.

– On verra ça. Pour l'instant, mettez les mains dans le dos et fissa. Vous, le concierge, attachez vos petits camarades !

Une fois les faux policiers neutralisés, le journaliste saucissonne à son tour le concierge avec la corde de marin qu'il s'est procurée sur le port. Il vérifie que les trois lascars sont solidement ligotés, puis il s'allonge confortablement sur le lit et succombe cette fois au sommeil que l'adrénaline générée par le danger n'a pas chassé.

Chapitre 24

Confidences pour confidences

Avant l'aube, en étouffant un bâillement, La Ficelle va à contrecœur tirer Clément de son lit pour le confronter à ses prisonniers.

– Les présentations sont inutiles, alors, allons à l'essentiel. Chacun d'entre vous a quelque chose à m'avouer. Vous, messieurs, c'est le secret de la chambre noire ou comment cet infortuné M. Baudry s'est tiré une balle dans la poitrine, a jeté le revolver loin de son corps et, avant de tomber dans les pommes, a escamoté films et caméra.

– Le coup de feu, c'est un accident, répond rapidement un des hommes. C'est parti tout seul dans la bagarre. Nous, on voulait être silencieux pour avoir le temps de fouiller la chambre. Alors, tirer sur ce forain n'était pas dans notre intérêt… J'ai dû improviser.

– Vous êtes des assassins. Vous avez failli tuer mon père !

– Toi, mon garçon, reprend le journaliste, tu es un cachottier et tu considères que je suis un benêt, ce qui est très désagréable. Montre-nous ce que ton père a pris la peine de dissimuler sous le lit malgré sa blessure…

– C'est Jeanne qui… ?

– Ta copine ne m'a rien dit. Pas la peine. Il y a des traces de doigts sous ce lit, des empreintes sanglantes. Et puis ces messieurs n'ont pas cessé de vous filer. D'abord à Challans, puis de retour à Fromentine. Ils vous ont collé le train sur la plage. C'est que tu détenais quelque chose de précieux pour eux.

– Ils nous suivaient, Jeanne et moi ?

– Oui, mais vous étiez absorbés par votre promenade. Vous ne vous êtes rendu compte de rien. Ces deux gredins espéraient qu'il n'y aurait plus de touristes pour mener à bien leur mauvais coup. Ils savaient que vous aviez l'objet sur vous parce qu'ils ont passé les chambres de l'hôtel au peigne fin sans résultat. Vous n'avez jamais été seuls sur cette plage, même si vous étiez persuadés du contraire.

– Et si les promeneurs n'avaient pas été là... Vous nous auriez laissés nous jeter dans la gueule du loup ?

– Je suivais vos anges gardiens et, grâce à ce revolver, j'étais un peu le vôtre. Vous ne couriez aucun danger, en tout cas pas plus qu'ailleurs... Si tu ne me crois pas, tu peux toujours interroger ta copine. Elle a découvert leur manège. J'ai eu le plus grand mal à la convaincre de rentrer chez elle. Maintenant, j'attends, Clément.

– Je ne l'ai pas.

– Quoi ! Après tous les risques que j'ai pris pour toi, tu te méfies encore...

– Je ne vous mens pas. Je ne l'ai pas. Je vous le jure. C'est Jeanne qui le garde. Je lui ai remis la bobine quand on est rentrés de Challans.

– Quoi ? La peste soit de cette gamine !

Chapitre 25

Où je me prends pour Marie Marvingt

Hier soir, à mon retour de Challans, Papa avait tellement hâte d'avoir des nouvelles de son patient miraculé qu'il ne m'a presque pas grondée pour mon retard au dîner.

C'est avec beaucoup d'inquiétude que je grimpe sur ma bicyclette pour aller distribuer ses remèdes. J'ai songé toute la nuit à ces affreux bonshommes qui suivaient mon ami. Je suis impatiente de filer au Grand Hôtel.

Quelle n'est pas ma surprise de trouver Clément et La Ficelle en embuscade à proximité du cabinet !

– Jeanne, enfin ! Donne-nous la bobine. Le temps presse. Je t'expliquerai plus tard…

Les manières de Clément sont un peu expéditives.

– Quand on est poli, on dit bonjour... Bonjour Jeanne. Comment vas-tu Jeanne ?...

– Excuse-nous, ce n'est pas le moment de plaisanter. La Ficelle a capturé les deux policiers croque-morts. En réalité, ce sont des espions. Ça va chauffer parce qu'ils ne vont pas tarder à se libérer de leurs liens. On a besoin du film pour se débarrasser d'eux.

– Écoute ton ami, ma petite. Ces scélérats ne plaisantent pas. La pellicule est le seul moyen de les neutraliser. On part illico à Beauvoir chez un photographe qui pourra tirer un cliché de la scène compromettante qu'a surprise Antoine Baudry. Ensuite, je le ferai paraître dans mon journal. Le secret qu'ils espèrent protéger ne sera plus qu'un secret de Polichinelle. Tout rentrera dans l'ordre.

La Ficelle a raison mais, depuis que Clément m'a confié le négatif, je ne veux plus m'en séparer. Je ne ressens plus autant l'urgence de le remettre entre les mains du journaliste, cet olibrius qui ose m'appeler sa « petite »...

– Vous voulez publier nos photos dans votre journal ?

– Il n'y a pas que vos jolis minois sur ce film. Sinon, il n'intéresserait pas les agents d'une puissance des Balkans. C'est l'arrière-plan que la caméra d'Antoine Baudry a saisi pour la postérité qui lui donne toute sa valeur. Jeanne, tu as la bobine sur toi ?

– Elle est cachée dans ma chambre. Je vais la chercher. Et je vous accompagne. J'en ai assez de rester à l'écart de tout en nigaude intégrale.

Le reporter lève les yeux au ciel. Il sort sa montre à gousset et il en remonte le mécanisme pour conserver son calme.

– Fi-llet-te ! On ne joue pas à la poupée. On a des espions aux trousses. Ces gaillards n'hésitent pas à se servir de leurs armes. Ce n'est pas une histoire pour les filles !

– Vous m'énervez avec vos histoires qui ne sont pas pour les filles… On croirait entendre mon père ! Nous sommes en 1908. Il est temps que le monde change… Je suis aussi capable que Clément de vivre une aventure. Regardez Marie Marvingt : elle pilote un ballon gonflé au gaz et bientôt peut-être un aéroplane, elle pratique l'alpinisme, elle a même son brevet de chauffeur automobile.

– Cela n'a aucun rapport, Jeanne. La Ficelle ne souhaite tout simplement pas qu'il t'arrive quelque chose de fâcheux et moi non plus.

Le garçon tente une approche en s'emparant de ma main. En vain, car je la lui reprends aussitôt.

– Assez ! Le film est dans ma chambre. Si je le rapporte, je viens avec vous…

– Va le prendre ! On a assez discuté… Nos énergumènes vont débouler et on aura l'air fin.

– Mais Joseph, c'est dangereux. Elle doit retourner chez son père.

– Je crois qu'elle a compris ce qu'elle risquait. On n'a plus le choix…

– Clément, n'aie pas peur, tu vas voir à quel point je vais t'étonner.

Je file chercher le trésor convoité par les deux représentants de la gente masculine. J'ai à peine le dos tourné que j'entends La Ficelle qui rouspète tout seul :

– Quand je pense qu'on a pris le train hier pour contenter son père ! Si j'avais su… Quelle gamine, quelle sacrée gamine !

À mon retour, il a transformé sa moto en side-car.

Nous sommes trois passagers à présent. Il doit rattacher la nacelle légère dont il s'était délesté pour partir à la recherche de mon ami.

Chapitre 26

La Ficelle n'est pas romantique

C'est la première fois que je fais de la moto. La Ficelle a catégoriquement refusé que je m'accroche à lui sur le porte-bagages de la Griffon. « Pas convenable pour une petite princesse », a-t-il déclaré. En revanche, ça ne le gêne pas de prendre Clément. Il me traite en petite fille gâtée. Ce n'est pas grave, la vision de la route est encore plus grandiose de la nacelle du side-car parce qu'il n'y a pas le pilote de la moto pour me boucher la vue. J'ai un peu peur. Cet engin va à plus de 40 km à l'heure ! Mais la peur est une sensation excitante. On imagine qu'on va s'écraser à pleine vitesse sur un poteau ou s'envoler dans un virage et atterrir dans le marais. On voudrait que ça s'arrête. En même temps, le cœur bat plus vite, on respire plus fort et c'est étrangement agréable.

Si le journaliste supposait que cette promenade sur un bolide allait me pousser à rentrer chez moi sans demander mon reste, c'est raté. J'observe une certaine déception dans son regard lorsqu'il me tend élégamment la main pour m'aider à m'extirper du baquet du side-car.

La devanture de l'échoppe du photographe offre un avant-goût du joyeux désordre qui règne à l'intérieur. Une accumulation d'instruments de prise de vues sur plusieurs rangées d'étagères monopolise presque tout l'espace disponible. Cette exposition de modèles de tous âges s'apparente plus à une collection qu'à un stock destiné à la vente.

La Ficelle nous explique que le propriétaire de la boutique arrive parfois à écouler quelques appareils photo, mais ces objets coûtent fort cher.

– Il gagne surtout sa vie en immortalisant lui-même les grands événements familiaux tels que les mariages. Il est l'auteur de presque tous les portraits qui trônent sur les buffets de la région. C'est mon équipier depuis le succès des reproductions photographiques dans les journaux. Nous couvrons ensemble les reportages importants. C'est devenu un ami.

Admiratifs devant tous ces trésors, nous traversons l'incroyable caverne d'Ali Baba, puis une arrière-cour. Le copain du journaliste possède un laboratoire de développement dans un bâtiment annexe.

Faute de disposer d'un projecteur, il introduit le négatif du film dans un agrandisseur photo et il le déroule à la main en guettant sur le socle blanc de l'appareil une vue intéressante.

Clément et moi à jamais sur cette plage, captifs dans la pellicule flamme, image après image. Le cinématographe a le pouvoir d'immortaliser les êtres qu'il prend comme modèles dans le champ de sa caméra. Si le photographe faisait défiler la pellicule un peu plus rapidement, on pourrait se mettre à bouger, à courir…

Cependant, La Ficelle n'est pas sensible au romantisme de l'œuvre et l'originalité des plans ne l'intéresse plus. Il est à l'affût de la meilleure illustration pour son article.

– Stop… C'est là, tu m'agrandis ce groupe de personnages.

– Vous m'attendez à l'extérieur. Quelques manipulations dans la chambre noire et le tour sera joué.

Le journaliste jubile. Cette photo fera la une de *Ouest-Éclair*. Elle sera reprise avec son texte dans la presse de tout le pays. C'est la gloire.

Chapitre 27

Des poids morts, une potiche et un lion menaçant

– Il est tout seul dans le labo ?

– Il est assez grand et puis nous sommes devant. Il ne va pas se volatiliser.

On entend le bruit d'une automobile dans la rue. Les véhicules motorisés sont suffisamment rares pour attirer l'attention. Clément lance un regard interrogateur à Joseph La Ficelle.

– Oui, c'est eux. La femme de chambre a dû trouver nos amis quand elle est venue faire le ménage… C'est bon, tu as fini ? Le cliché est prêt ?

Le copain du journaliste pointe un visage triomphant.

– Tu as de la veine. J'ai réussi à tirer un agrandissement où l'on discerne nettement ton petit groupe. Ce ne sont visiblement pas des touristes ordinaires. À croire qu'ils se sont perdus sur la plage avec leurs cols montés, leurs cravates et leurs chapeaux. Sûrement des gens importants ?

Les faux policiers frappent de grands coups sur la porte verrouillée de la boutique. Cette dernière n'a pas été difficile à localiser. Il a suffi aux deux sinistres individus de déchiffrer la signature apposée sur les clichés qui illustrent les articles de La Ficelle.

– Ils vont tout casser. C'est qui, ces clowns ?

– Je t'expliquerai. Pour l'instant, on file avant d'avoir des ennuis. Je te conseille d'aller prendre l'air, toi aussi. On t'attend à la rédaction de *Ouest-Éclair*.

Un grand bruit de verre cassé interrompt la conversation. La porte vitrée a volé en éclats.

– Il y a une sortie à l'arrière du bâtiment. Accordez-moi dix secondes. Je prépare de quoi les distraire dans la chambre noire. Le temps qu'ils fassent connaissance avec ma fantasmagorie, une superbe mécanique qui a appartenu au grand Robertson, nous aurons pris le large.

Le photographe allume la lampe d'une lanterne magique et remonte un ressort. Il referme avec minutie le rideau de son laboratoire avant de nous rejoindre à l'extérieur avec le film et l'épreuve encore dégoulinante qu'il vient de développer.

Un instinct de possession incontrôlable me pousse à lui arracher des mains la bobine du négatif. Profitant de l'effet de surprise, je l'empoche avant que quiconque ait pu émettre la moindre protestation. Mon toupet les laisse médusés. J'ai honte de mes manières, mais je suis satisfaite du résultat. En l'absence de M. Baudry, nous avons, Clément et moi, la garde de ce film. Ce film est le nôtre. Il raconte notre histoire. Je ne perçois plus la différence entre le cinéma et la réalité. Le cinéma *est* la réalité…

Dans la chambre noire, les deux croque-morts ont la frayeur de leur vie en découvrant l'image d'un lion menaçant projetée sur le mur face à eux. Il est plus vrai que nature et il semble avancer. On entend de la rue les deux hommes vider les barillets de leurs revolvers sur cette chimère. Ils vont perdre de précieuses minutes avant de comprendre la supercherie.

– Ah, ces machines du siècle passé ont encore de beaux restes ! s'exclame le photographe avant de nous quitter. Il démarre une vieille voiture dont le moteur se met à tousser et file à plus de 30 km à l'heure porter au journal le cliché photographique qu'il vient de tirer.

– Pourquoi n'est-on pas partis avec lui ? demande Clément en regardant l'automobile asthmatique s'éloigner.

– Parce qu'il ne va pas assez vite. À quatre, on irait encore plus lentement. Nos poursuivants nous auraient rattrapés sans peine. Je vais provoquer une diversion pour amuser nos lascars. Cela va lui permettre d'arriver à bon port. Mais, vous, vous ne venez pas avec moi. Ce serait imprudent. Cachez-vous dans l'église et attendez que les deux espions m'aient pris en chasse pour sortir le bout du nez…

Mon ami a un sursaut d'indignation.

– Je ne vais pas vous abandonner et me mettre à l'abri. Je ne suis pas un trouillard ! Mon père mérite un peu de courage. Je veux que la vérité triomphe.

Qu'il n'aille pas dans un asile de fous à sa sortie de l'hôpital. Jeanne, tu dois patienter dans l'église le temps que nous soyons partis.

Je crois rêver. Je n'ai rien entendu d'aussi scandaleux depuis le discours de la supérieure de notre école exhortant les filles à bien savoir coudre, tricoter et broder pour dégoter un mari.

– Je ne suis pas une potiche… Moi aussi, je viens avec vous. On a commencé cette aventure ensemble, on la continue ensemble !

– Mais Jeanne…

– Arrêtez tous les deux ! soupire le reporter excédé. Admettez que vous êtes des poids morts sur ma bécane, que j'irai plus vite sans vous, que je leur échapperai plus facilement tout seul…

– Cela m'étonnerait parce que je connais le passage mieux que ma poche et que je pourrais vous guider, je fanfaronne, vexée d'être traitée de poids mort.

– Quel passage ?

– Celui que tout habitant de La Barre de Monts a mille fois exploré pour ramasser des coques. Le passage du Gois qui mène à l'île de Noirmoutier à travers les sables mouvants.

– On ne peut pas aller sur une île à pied, Jeanne.

– Si, elle a raison, mon garçon. On peut franchir le gué pendant la marée basse à condition de ne pas s'égarer. C'est bon ! Vous avez gagné. Ne traînez plus en plein milieu de cette rue ! Grimpez sur la moto ou disparaissez…, lance La Ficelle en scrutant nerveusement la boutique du photographe.

Nous considérons l'injonction du journaliste comme un encouragement. Nous nous ruons sur le side-car. Avant qu'il ait la possibilité de changer d'avis, nous sommes installés.

Une traque commence, dans laquelle nous jouons le rôle du gibier.

Chapitre 28

Où les eaux se referment

À la sortie de Beauvoir, la route forme une longue ligne droite à travers les marais, de sorte que nos poursuivants peuvent aisément nous repérer. Ils nous prennent comme point de mire et cela les encourage à accélérer encore.

À bord de leur puissante voiture Delage, ils gagnent rapidement du terrain.

Nous filons droit sur l'océan, ce qui rend Clément un tantinet nerveux. En effet, la route que nous allons emprunter est un peu particulière.

– C'est trop tard. L'eau inonde en partie le gué.

– Tu estimes qu'on a encore le temps de passer ? m'interroge La Ficelle, inquiet lui aussi, devant la marée montante.

Nous roulons sur une chaussée empierrée qui commence à être sérieusement grignotée par la mer. Devant nous, l'île de Noirmoutier paraît inaccessible. Petite, j'ai ramassé des tas de palourdes ici. Il me semble que c'était il y a très longtemps.

– Si on veut y arriver, la seule solution est de foncer sans hésiter. Mettez la gomme !

La Ficelle fait gémir le moteur de sa vaillante Griffon. Nos poursuivants se sont à leur tour engagés sur le passage submersible. Chacun veille à bien se maintenir entre les piquets de bois qui délimitent la route et à rouler au milieu de celle-ci, là où il y a le moins d'eau.

Dans leur Delage, les espions sont surpris par ce gué qui se dérobe sous leur habitacle. Ils ne pensaient pas qu'un phénomène pareil existait.

On ne voit plus les cailloux posés sur le sable et la vase. La mer a envahi la chaussée, la rendant extrêmement glissante. L'océan monte maintenant à une vitesse effrayante. Mais nous avons presque parcouru les quatre kilomètres du passage du Gois.

– Il faut rouler sur les petites murettes construites de chaque côté. On aura plus d'adhérence. C'est ainsi que mon père se dégageait quand il commettait l'erreur de s'attarder.

La légèreté de la Griffon et sa maniabilité, malgré la présence du side-car, lui permettent de poser les roues sur les pierres qui forment un pavage en bordure de la voie. La Ficelle réussit à tracer ainsi sa route jusqu'à l'île de Noirmoutier.

À l'intérieur de la Delage, c'est la panique. Voyant la mer se refermer sur eux, les croque-morts ont voulu rebrousser chemin. La voiture s'est enlisée, puis a calé. Le moteur est noyé. C'est impossible de redémarrer. En quelques minutes, la Delage est couverte à hauteur des essieux. Seul émerge encore le haut des piquets qui délimitent la route et bloquent l'auto. Les croque-morts ont atteint un mat de perroquet, une balise sur laquelle ils sont montés grâce aux échelons posés sur une poutre verticale scellée dans un cône de maçonnerie. Ils attendent piteusement que la marée baisse. Ils ne sont plus que des naufragés inoffensifs perchés sur une échelle prévue pour les imprudents.

La Delage a disparu sous les eaux. La mer a totalement englouti le passage. On pourrait croire qu'il n'a jamais existé. Pourtant, il réapparaîtra dans quelques heures, délivrant la voiture ou ce qu'il en restera : un tas de ferraille promis à la rouille.

La Ficelle arrête sa moto, le temps de contempler et de savourer le spectacle.

– Bien joué, les enfants ! Bravo pour ton courage, Jeanne ! J'ignorais que les filles pouvaient être aussi intrépides.

– Les filles peuvent faire les mêmes choses que les garçons. Pourquoi n'y aurait-il pas des filles reporters comme vous ?

Joseph esquisse un sourire narquois qui me met en rage. Mais, je n'ai pas le temps de rouspéter. Il nous étreint avec une force surprenante et nous embrasse affectueusement.

– On embarque à bord du premier bateau pour le continent. J'ai un article à dicter…

Chapitre 29

Où La Ficelle signe un article sensationnel

« Le mystère de la chambre noire est résolu », un article de Joseph La Ficelle.

Ce n'est pas la première fois que le journaliste signe un article sensationnel à la une de son quotidien. Cependant, il est particulièrement fier de nous montrer son journal.

Nous sommes réunis dans l'appartement au-dessus du cabinet médical. Quand il a su tout ce qui s'était passé, mon père a eu une grosse frayeur rétrospective en songeant aux risques qu'avait pris sa fille. Il a proposé d'héberger Clément, le temps que M. Baudry sorte de l'hôpital. La maison est grande et ne manque pas de chambres inutilisées. C'est un geste de générosité envers mon ami et cela permet à Papa de mieux contrôler nos allées et venues.

Cela explique pourquoi La Ficelle apporte chez nous plusieurs exemplaires du numéro spécial de *Ouest-Éclair* tout frais imprimé.

– Ça alors ! s'écrie Clément. On ne parle que de nous dans le journal. Vous aviez tout compris dès le début, vous êtes un génie !

– N'exagérons rien, minaude le reporter. J'enjolive un peu la vérité pour l'article. Mais, en gros, c'est ça.

Prenant la voix de mon institutrice, je commence à lire le récit à voix haute devant une assistance médusée. Joseph La Ficelle écoute, aux anges, et Papa, qui nous a rejoints, souffre le martyre :

> « Antoine Baudry tire avec sa vieille caméra Lumière quelques copies du film projeté l'après-midi du drame. Il les développe aussitôt et les met à sécher. La pièce est dans l'obscurité. Seule une ampoule électrique rouge dans le plafonnier lui permet de travailler. Le forain ignore qu'un pays des Balkans veut absolument récupérer toutes les copies de

son petit chef-d'œuvre, *Deux enfants sur la plage*. Ce pays est à la tête d'une coalition d'États hostiles à l'Empire ottoman. Or, on voit, à arrière-plan du film, son diplomate en grande discussion avec des dissidents turcs exilés en France. Ces exilés, bénéficiant de la victoire des Jeunes-Turcs, vont bientôt rentrer dans leur pays, l'Empire ottoman, et exercer de hautes fonctions. La situation internationale est préoccupante : l'Autriche-Hongrie menace d'annexer un de ses anciens territoires, la Bosnie-Herzégovine. Divulguer cette rencontre secrète pourrait avoir des conséquences fâcheuses sur les jeux d'alliance dans la région et précipiter cette annexion. La caméra du cinéaste a vu ce qu'elle ne devait pas voir, mais ce n'est pas de sa faute si un bureaucrate idiot a choisi une station balnéaire pour des négociations difficiles et si personne n'a encore compris l'impact du cinématographe.

On frappe à la porte. Antoine Baudry ne souhaite pas ouvrir et compromettre le développement en cours. Il faut donc que les hommes de main du diplomate balkanique inventent un événement assez grave pour qu'il cède et les fasse entrer. Le concierge de l'hôtel, qui est à leur solde, n'hésite pas à prétendre que le fils du cinéaste n'est plus dans sa chambre et a eu un accident. La porte s'ouvre. Un des sbires pénètre dans la pièce, une arme au poing, et menace le forain pendant que son compère s'occupe sur la place de son assistant, Hector, en le poussant à s'enivrer pour le dévaliser. Ils ont pour tâche de faire croire que l'agression a pour seul mobile un crime crapuleux, le vol du matériel du cinéaste.

Antoine Baudry résiste. S'ensuit une bagarre au cours de laquelle un coup de revolver part tout seul. Le vacarme provoque la panique dans le camp des assaillants. Ils doivent improviser. Après avoir subtilisé toutes les copies – du moins en sont-ils persuadés – et la caméra, le concierge et l'agent des Balkans verrouillent la porte de la chambre de l'extérieur.

Puis, lorsque, alertés par le bruit du coup de feu, la foule se presse dans le couloir, le concierge mime l'impuissance à introduire un passe-partout dans la serrure en expliquant que sa clé est à l'intérieur, ce qui est faux, bien sûr, puisqu'elle est dans la poche du scélérat.

Il ne reste plus qu'à fracturer la porte devant tous les témoins et, en entrant le premier, à mettre habilement la clé côté intérieur de la pièce pour qu'on suppose qu'Antoine Baudry s'est enfermé dans sa chambre et donc que lui seul a pu attenter à ses jours. »

Chapitre 30

Une bonne nouvelle et une mauvaise

– Pourquoi n'a-t-on rien vu ?

– C'est tout l'art de l'illusionnisme : convaincre le public qu'il y a déjà une clé à l'intérieur de la serrure, explique Joseph. Personne ne discute de la qualification et du sérieux d'un concierge pour apprécier ce genre de détail qu'on admet pour vrai sans le vérifier. Le tour de passe-passe repose entièrement sur la crédibilité du personnage. Il lui suffit de profiter de la diversion suscitée en défonçant la porte et de l'horreur de la découverte du corps d'Antoine Baudry pour glisser la clé où tout le monde s'attend à la trouver. Ensuite, pour terminer son numéro, il demande à l'assistance de constater qu'elle est bien à cette place.

– Et le cliché que vous avez reproduit dans l'article ? Que sont devenus ces gens qui ne voulaient pas être vus ensemble ?

– Le diplomate de la puissance balkanique va être sanctionné dans son pays. Officiellement, ce pays des Balkans est censé n'avoir aucun contact avec l'Empire ottoman qui est l'ennemi de toujours. La révélation des tractations en cours avec les futurs dirigeants peut compromettre d'autres alliances. Ainsi que je l'écris dans l'article, les exilés turcs en France, dont les moustachus de la plage, vont retrouver leur mère patrie à bord de l'Orient-Express et passer du statut d'opposants à celui de ministres...

– Et les deux croque-morts, ils vont s'acharner encore longtemps sur nous ?

– Aussi curieux que cela puisse vous paraître, ces espions n'éprouvaient aucune animosité à notre encontre. Ils s'acquittaient juste de leur travail de fonctionnaire qui ne connaît aucune règle morale supérieure à la raison d'État. Maintenant que tous les secrets d'État sont dans le journal, il n'y a plus la même urgence à récupérer le négatif de *Deux enfants sur la plage*. Ils vont cesser de nous poursuivre.

Eux aussi vont rentrer chez eux où leur maladresse risque d'être sévèrement sanctionnée. Ils ne sont pas intervenus au moment où le père de Clément les filmait avec sa boîte à manivelle !

– Je les plains…

– Ma mignonne… euh ! excuse-moi, Jeanne, s'esclaffe Joseph dans un rire sonore qui à ma grande consternation égaye les deux autres mâles de l'assemblée, tu ne vas pas t'apitoyer sur leur sort. Ils massacreraient sans hésiter père et mère si leur supérieur le leur demandait. Ils ont presque tué M. Baudry et ils ont poussé son assistant, Hector, sur la dernière marche qui le séparait de la folie. Quant au concierge, ils l'ont corrompu. Il est obligé de fuir pour éviter la prison.

Papa, qui écoutait religieusement toute l'histoire en arborant une mine épouvantable, surprend tout le monde en prenant la parole.

– Le dénouement de cette histoire est heureux. Jeanne et Clément, mes enfants, vous avez eu beaucoup de chance de sortir indemnes de cette situation horrible. Vous avez été exposés à des périls affreux… Enfin, j'avais raison d'une certaine façon sur l'invention du cinématographe. Cela ne peut nous apporter que de mauvaises choses. Clément, ton père va devoir changer de métier puisqu'on lui a volé tout son équipement… et toi, fréquenter un peu plus régulièrement l'école.

La Ficelle qui essaye de minimiser le rôle qu'il a tenu dans notre mise en danger se racle la gorge.

– C'est-à-dire, peut-être pas. Je n'ai pas publié l'ensemble de mes informations dans l'article. Les croque-morts proposent un marché avant de quitter notre territoire. Ce qui constitue une bonne nouvelle et une mauvaise…

– C'est quoi la bonne nouvelle ? demande Clément.

– Ils proposent de rendre l'intégralité du matériel dérobé à ton père. Le camion, le chapiteau, les caméras, le projecteur. Il y en a pour plusieurs milliers de francs…

– C'est formidable ! s'écrie le garçon que l'éventualité de fréquenter régulièrement l'école a perturbé.

– Vous n'avez pas aussi parlé d'une mauvaise nouvelle ?

– Jeanne, les autorités du pays qui emploie ces hommes exigent qu'on leur remette, en échange de ce qu'ils appellent de la bonne volonté, le négatif du film *Deux enfants sur la plage*…

– Notre film ! Mais, vous avez dit que la présence des diplomates à l'arrière-plan n'a plus d'importance puisque c'est dans le journal…

– C'est exact. Mais, ce numéro de *Ouest-Éclair* finira par tomber dans l'oubli. Tandis que ce film est promis à un certain succès. J'en ai rédigé une critique élogieuse. Je ne serai pas le seul à en vanter les mérites. Ils ne veulent pas le voir à l'affiche dans toute l'Europe pendant plusieurs années. Ils souhaitent troquer le négatif contre la restitution de leur larcin…

– Vous n'allez pas négocier avec ces gredins ! intervient mon père.

– Monsieur, c'est à Clément et à son père de décider… Sans aucun matériel, le forain n'a plus qu'à plier boutique. Et c'est aussi à votre fille de choisir, en tant que personnage principal et surtout en tant que détentrice de ce film…

Chapitre 31

Autodafé et bain de boue

J'ai failli devenir une des premières vedettes de cette invention prometteuse qu'on appelle le cinématographe. Mais, devant l'air piteux de Clément et en imaginant son père ruiné, j'ai cédé et j'ai remis le film à mon ami.

Mon père est ravi que je ne sois plus à l'affiche. Moi, je suis un peu triste à la pensée de l'autodafé que subira le négatif. La pellicule en celluloïd va brûler instantanément au contact de la flamme. Et notre course échevelée sur la plage aura à jamais disparu. Je supposais naïvement que nous resterions enfermés pour l'éternité à l'intérieur de ce film, à l'instar de deux génies dans une lampe à huile.

Mes idées sont embrouillées. Je me demande si ces images étaient le reflet d'un vrai bonheur ou juste un simulacre devant la caméra. Clément n'est plus le même garçon. Habiter sous notre toit l'a complètement transformé. Il est tétanisé par la présence de mon père. Il garde respectueusement ses distances à mon égard et ne s'autorise plus aucun geste d'affection. Il me traite comme une parente éloignée.

Et mon paternel nous soumet à une surveillance qui laisse peu de place à d'éventuels débordements.

La perspective de récupérer son coûteux équipement et de pouvoir reprendre la route favorise la guérison d'Antoine Baudry. Il n'avait aucun désir de revenir à son ancien métier de montreur de monstres dans les foires.

Il produit des efforts surhumains pour sortir au plus vite de l'hôpital où il se sent un peu prisonnier. Les règles sont très strictes et il aspire à la liberté. Il veut foncer sur les mauvaises routes à bord de son Peugeot jaune et installer son chapiteau de ville en ville.

Après quelques jours, il va beaucoup mieux,

même s'il a toujours du mal à parler. Probablement parce qu'une partie du cerveau, le centre de la parole, n'a pas été irriguée correctement à la suite de son hémorragie. Il se débrouille en complétant par des gestes ce qu'il ne parvient pas à exprimer. Et il finit par obtenir son bon de sortie.

Mon père se doute bien que je suis malheureuse. Car Clément va partir, autant m'habituer à cette réalité… Alors pour me remonter le moral et avant que le forain ne quitte l'hôpital, il nous emmène en promenade sur l'étier à bord de sa yole, une barque à fond plat. Le paysage n'a plus de secret pour moi, mais j'ai envie que Clément découvre tous ces petits canaux de navigation entre les marais et l'océan avant de partir.

Nous croisons les chaloupes à voile des pêcheurs qui profitent de la marée haute pour rallier le large. Le sillage des autres barques soulève de petites vagues qui font tanguer notre embarcation. L'étier du Pont Neuf est très fréquenté. Un bateau chargé de sel nous coupe la route et la yole frise le naufrage. Nous rejoignons un canal secondaire plus calme dans les marais, le petit chenal de la Lasse. Nous devons nous coucher dans la barque pour passer sous le Pont Noir sans nous cogner. Profitant de la montée des eaux, mon père a décidé de pousser les rames jusqu'à l'ancienne île de la Crosnière. Il nous explique qu'au XVIIIe siècle le chenal mesurait cinquante mètres de large.

De nos jours, ce n'est plus qu'un petit étier envasé et Papa, qui ne voit pas le temps passer quand il raconte l'histoire de son village, ne s'est pas rendu compte que la marée descendait déjà. Notre barque vient s'échouer sans bruit. Il ne reste plus qu'à abandonner le navire. Nous nous enfonçons dans la boue jusqu'aux cuisses pour atteindre le rivage.

J'ignore qui commence, de moi ou de Clément, à envoyer la première boule de terre à l'autre. Ce petit jeu dégénère vite et nous nous couvrons de vase noire de la tête aux pieds sous le regard effaré de mon père. Il va falloir frotter fort pour se débarrasser de ce limon des marais qui colle à la peau et sent mauvais.

Nous éclatons d'un fou rire qui nous libère totalement de la tension qui existait entre nous.

Papa, qui espère regagner le village en douce pour ne pas être l'objet de moqueries pendant des lustres sur ses compétences en matière de navigation, part devant.

Je rentre avec Clément en lui donnant la main. Nous sommes deux masses informes de boue qui cheminent ensemble le plus lentement possible.

Chapitre 32

La lumière des étoiles

Le moment de la séparation finit par arriver. Le camion jaune est chargé, prêt au départ devant le cabinet médical, et Antoine Baudry n'ose pas couper le moteur, craignant de s'épuiser à nouveau dans d'interminables tours de manivelle pour le redémarrer. Sur le seuil, mon père lui souhaite bonne route.

Clément me remet un petit paquet joliment emballé dans un papier de soie rouge. Il ne me laisse pas le loisir de protester.

– Accepte mon cadeau, Jeanne. Ce n'est pas quelque chose que j'ai acheté, mais un objet que j'ai fabriqué avec l'aide du copain de La Ficelle, le photographe. Il m'a permis de me servir de son laboratoire.

J'en ai réalisé deux exemplaires : un pour toi et un pour moi…

– Qu'est-ce que c'est ?

Je m'apprête à déballer mon présent. Clément arrête doucement ma main.

– Non, c'est une surprise. Une manière de continuer à penser l'un à l'autre quand je serai très loin. Promets-moi de ne pas l'ouvrir avant quelques jours.

Le garçon n'a pas retiré sa main de la mienne et mon père nous regarde. Cela m'embarrasse.

– Comment allez-vous poursuivre votre tournée sans Hector ? Il vous manquera des bras pour monter le chapiteau.

– Tu veux venir avec nous, Jeanne… Tu pourrais le remplacer ? propose Clément, moqueur.

– Porter des charges, tendre des cordes, enfoncer des pieux… Tu crois qu'il n'y a que les garçons qui ont de la force ?

Clément ne peut retenir son habituel petit gloussement débile qui m'énerve. Je recule d'un pas et je reprends vivement ma main.

– Même si j'en étais capable, Papa ne m'autoriserait pas à faire la route avec vous.

– Excuse-moi, Jeanne. Je n'ai pas voulu te vexer. Il faut que je parte, maintenant…

Avant que je n'aie le temps de m'éloigner à nouveau, le garçon dépose un baiser furtif sur mes lèvres. Je deviens écarlate. Je suis à la fois triste de le voir partir et paralysée par la présence de mon père. Certaines choses ne se font pas. On garde les baisers sur la joue pour sa famille. Quant aux bécots d'amoureux, il ne faut pas y songer si on est une fille sérieuse. Je n'ose plus regarder en direction de la maison.

Puis, tout va très vite. Le Peugeot d'Antoine Baudry et de son fils s'éloigne sur la route qui va au sud de la Vendée jusqu'à ne plus être qu'un point et disparaître.

Malgré ma promesse, je suis incapable de patienter. Je déchire le papier de soie rouge en pensant à tout ce que je n'ai pas eu l'audace de dire à mon ami. Je maudis ma lâcheté.

Je découvre un petit livre agrafé, assemblage des photos de notre film, *Deux enfants sur la plage*. Des clichés, tirés sur papier avant de livrer le négatif aux croque-morts, et reliés artisanalement. L'ensemble forme un cinématographe de poche identique à celui que m'avait montré Clément. Quand on feuillette rapidement les pages, on a l'impression que les images prennent vie. On peut nous voir joyeusement courir sur la plage ensoleillée. C'est émouvant, cruellement émouvant.

Je refuse d'admettre que cet instant appartient au passé. L'illusion de l'existence est parfaite, même générée par ce procédé grossier qui donne un mouvement saccadé. Elle est particulièrement réaliste pour moi. Chaque fois que je manipule le petit livre, j'ai un curieux picotement au creux de la main, là où mon ami avait placé la sienne. Je respire à pleins poumons et je sens l'air marin mêlé à l'odeur du sable chaud. J'entends les enfants rire dans les vagues. Je plonge au cœur de ce rêve éveillé qui ne dure que le sursis des trente pages du cinématographe de poche, soit tout juste cinq secondes.

Je vais devoir me morfondre un an avant de revivre pour de vrai ces cinq secondes-là. C'est bientôt la fin de l'été. Je vais repartir au pensionnat à Nantes.

Je sais que c'est important de « bien travailler en classe » si je veux, plus tard, écrire dans un journal comme Joseph La Ficelle. Il a promis de m'aider à entrer à *Ouest-Éclair*. Je suis persuadée qu'il tiendra parole malgré tous ses préjugés…

Clément, lui, ne va pas retrouver le chemin de l'école. Il n'est presque pas scolarisé bien que ce soit obligatoire. Il ne réside jamais assez longtemps quelque part.

Il s'est engagé à répondre à mes lettres. Rien n'est moins sûr, car il est un peu fâché avec l'écriture. Il va parcourir pendant une année les routes de France et de Belgique pour montrer ce nouvel art qu'est devenu le cinématographe. Son père ayant encore un peu de mal à parler, Clément est devenu indispensable dans leur association.

Les Baudry devraient être de retour dans mon village l'été prochain. Pour rien au monde, je ne raterais le rendez-vous que nous nous sommes fixé à La Barre de Monts sur la petite plage, près de l'estacade. J'espère que Clément sera là.

Tant que je conserve son cadeau contre moi, le charme n'est pas rompu. Grâce au cinématographe de poche, nous sommes toujours des reflets vivants dans la chambre noire de la caméra. Et, si nous ne les voyons pas immédiatement, c'est parce que nous brillons comme la lumière des étoiles à des millions d'années-lumière. Mais quand les photographies de notre bonheur auront disparu, il ne subsistera plus de traces de ma rencontre avec Clément.

Pourtant, j'ai des images plein la tête : Clément harangue le chaland devant son chapiteau, M. Baudry tourne la manivelle de sa caméra Lumière et, aussi téméraire que Marie Marvingt, je fonce à plus de 40 km à l'heure dans le side-car de Joseph La Ficelle…

Une année au pensionnat… Je ne vais pas tourner les pages de mon cinématographe de poche pendant une année entière jusqu'à ce qu'elles tombent en miettes. Ou je vais devenir enragée !

Je dois noter tout de suite mes souvenirs, raconter fidèlement notre histoire dans un cahier pour prouver qu'elle a réellement existé. Ce sera mon cadeau de retrouvailles pour Clément.

J'en enverrai aussi une copie à Joseph La Ficelle.

Mon récit sera peut-être publié en feuilleton dans son journal. Qui sait ?

Je vais devenir une vedette…

Une écrivaine.

Table des matières

Achevé d'imprimer en République tchèque par PBtisk